KB274769

춘하추동

춘하추동

함정임 장편소설

春

夏

秋

冬

민음사

사랑하는 두 사람을 위하여

차례

태양과 함께 바다는 떠나가고……

동冬

1

나는 떠난다, 라는 한 문장을 M의 메일 박스로 보냈다. 그리고 오 분 뒤인 오후 여섯 시 오십 분, 도쿄행 칼(KAL)에 올랐다. 일기 예보에 따르면 날씨는 전국이 맑다가 밤부터 흐려지고, 최저 기온 영하 10도, 최고 기온 영상 9도로 어제보다 높겠다고 했다. 70~80년 전처럼 오직 배를 타고 대한 해협을 건너야 하는 것은 아니지만, 나는 도쿄행 비행기에 올라타서는 70~80년 전 시인들의 시구(詩句)를 떠올렸다. "이 바다 물결은 예로부터 높다."고 알린 시인은 임화였고, "아무도 그에게 수심(水深)을 알려준 일이 없기에 흰 나비는 도모지

바다가 무섭지 않았다.”라고 고백한 시인은 김기림이었
다. 그리고 R. 임화와 김기림보다 먼저 바다를 건넜던,
오직 그림을 위해 바다를 건넜던 최초의 한국 여자 R의
영상이 비행기 유리창 밖 가없는 구름 속에 속절없이
떠올랐다가 이내 사라졌다.

기내 홍보 책자에서 중국 계림의 풍경을 보았다. 계
림(桂林)은 중국말로 구이린, 뜻을 풀면 ‘계수나무 꽃
이 흐드러지게 필 때’라고 했다. 리강〔離江〕의 코끼리
산도, 물로 둘러싸인 리장〔麗江〕의 산봉우리들도 뭉실
뭉실 살아 꿈틀거리는 것 같았다. 둥글고 뭉실거리는
봉우리들의 볼륨감이 M의 엉덩이를 연상시켰다.
우습게도 M은 엉덩이를 꿈틀거리게 하는 재주가 있
었다. 남쪽 외딴 섬에서 촬영 중인 M은 사흘 후에야
내 메시지를 열어 볼 수 있을 것이다. 내 메일을 읽어
도 M은 별다르게 반응하지 않을 게 분명했다. 내가 잠
시 한강에 갔다는 말보다 더 놀라지 않을 것이다. 사실
오 년째 한강이 지척인 홍대 앞에 살면서 딱 두 번 갔
을 뿐이니 M이 그렇게 생각해도 무리는 아니었다.
나는 떠나는 것으로 M을 크게 놀라게 할 생각은 없
었다. 아무 말 없이 떠나는 것보다 M을 더 놀라게 하

지는 않을 것이었다. 나는 떠난다, 라는 한 문장을 찔러 넣은 것이 기어이 후회스러웠다. 무심결에 다음 페이지를 넘기던 나는 손끝을 바늘에 찔린 듯 깜짝 놀랐다. '나는 떠난다'라는 제목의 소설이 '내 인생의 책'이라는 코너에 소개되어 있었다. 우연치고는 너무 직접적이었다. 그러나 나는 다시 한 페이지를 넘기면서 앞 페이지의 우연을 개의치 않았다. 거기에는 오 년 동안 아홉 번이나 직업을 바꾼 스물아홉 살짜리 여자가 '이 시대의 직업' 코너를 채우고 있었다. 나는 스물세 살에 처음 직업을 가진 후로 구 년 동안 다섯 번 직종을 바꾸었고, 사흘 전까지 다채널 디지털 방송인 월드라이프에 관계했다. '이 시대의 직업'의 주인공 여자는 한때 사이버 게임계를 제패한 경력이 있는 최고수 프로그래머로 현재 신림동에 보드 게임방을 차린 사업가였다. 여자와 내가 거친 직업 중 겹치는 것은 단 하나도 없었다. 그것도 우연이라면 기막힌 우연이었다. 다시 다음 페이지를 넘기려는데 비행기가 기우뚱하더니 심하게 요동을 쳤다. 기내 안내 방송에서 대한 해협을 건너는 중이고 불안정한 기류를 통과하고 있다고 알렸다.

비행기가 안정을 되찾자 나는 안내 책자를 다시 펼

쳤다. 『나는 떠난다』로 되돌아갔다. 나는 그 소설의 저자인 에슈노즈를 꽤 오래전부터 알아왔다. 그렇다고 그의 소설을 모조리 읽은 것은 아니었다. 생각해 보니 한 권도 제대로 읽은 것이 없었다. 대학 졸업 직후 잠시 저작권 에이전트 보조 업무를 볼 때 그의 작품을 몇몇 출판사에 소개했었다. 에이전트 보조는 삼 개월 만에 수습 상태로 끝이 났지만, 그때 이름을 알게 된 작가들은 수십 명이 넘었다. 동창생들의 이름은 잊어버렸어도 그들의 이름은 볼 때마다 기억이 새로웠다. 에슈노즈라면 아메리칸 스타일의 추리 기법을 주로 쓰는 작가로 알고 있었다. 그런데 그런 식으로 내 기억에 각인된 작가는 몇 안 되었다. 이번 에슈노즈의 『나는 떠난다』는 아주 짧은 소설이라고 했다. 프랑스에서 가장 권위 있는 공쿠르 문학상을 받았고 심사위원들의 유례없는 극찬을 받았다고 소개되어 있었다. 나는 소개글을 믿지 않는 편이었다. 차라리 소설의 첫 문장을 보여주는 것이 훨씬 광고에 효과적일 거라고 생각했다. 나는 그 소설의 첫 문장이 궁금했다. 설마, 나는 떠난다, 는 아닐까?

모파상의 소설 『여자의 일생』의 첫 문장은 이렇게

시작한다. 잔은 짐을 다 꾸리고 나서 다시 창 앞으로 가보았으나 비는 여전히 내리고 있었다. 『여자의 일생』 말고도 나는 수많은 소설들의 첫 문장을 기억하고 있다. 한수산의 「안개 視程距離」의 첫 문장은 이렇다. 안개가 썩어가는 냄새에 잠을 깼다. 그런가 하면 도스토예프스키의 『악령』의 첫 문장은 이렇다. 비르긴스키는 무라비이나야 가에 있는 자기 집이라 해도, 결국 아내의 집에서 살고 있었다.

내가 소설의 첫 문장을 기억하기 시작한 것은 여중 2학년 때 『여자의 일생』을 읽으면서였다. 그때 나는 혈소판 감소증 치료를 위해 휴학을 한 채 육 개월 동안 병상에 누워 있어야 했다. 퇴원을 하고 나서도 나는 오랫동안 소설의 첫 문장들을 익혔다. 『어린 왕자』의 첫 문장, 『날개』의 첫 문장, 『좁은 문』의 첫 문장, 『보바리 부인』의 첫 문장, 『성』의 첫 문장, 『참을 수 없는 존재의 가벼움』의 첫 문장. 각양각색의 인생처럼 가지각색의 첫 문장이 존재했다. 놀랍게도 어떤 소설도 첫 문장이 똑같은 것은 없었다. 여고 때 잠깐 팝송 가사의 첫 문장에 열중했으나 서른 살 무렵부터 소설로 되돌아왔다. 뻔뻔스런 여자의 쌓이고 쌓인 한이 이 울창한 숲에 그득하다. 소름 끼치는 이 문장은 마루야마 겐지의 소설 『천 년 동안에』의 첫 문장이다. 그것은 읽는 순간 그대로 뇌리에 들어와 박혔다. 그즈음 내 인생은 세 사람이 장악했다. 작은어머니와 M과 R. 그동안에도 책에 관련된 직업에 충실하느라 많은 소설책들을 읽었고 간헐적으로 첫 문장을 붙잡긴 했지만, 그것은 어디까지나 미처 떨쳐버리지 못한 습관 때문이었다.

습관적으로 기억한 첫 문장 중에 나쓰메 소세키의 『마음』이라는 소설이 있었다. 나는 그분을 언제나 선생님이라 불렀다. 예외적으로 타의로 첫 문장을 기억한 소설도 있었다. 아니 에르노의 『단순한 열정』이라는 아주 얇은 소설책이었다. 책을 열면 거기에는 맨 먼저 이런 문장이 나왔다. 우리 둘은 사드보다 외설스럽다.

우리 둘은 사드보다 외설스럽다.

그것은 M이 엉덩이를 보여주겠다는 신호였다. 그것은 첫 문장이라고 할 수 없었다. 그러나 첫 문장이라고 우기면 억지 춘향으로 받아들일 수도 있었다. 그것은 『단순한 열정』이라는 소설의 첫 문장이자 그 책 전체에 바쳐진 헌사였다. 아니 에르노는 그 한 문장을 롤랑 바르트의 글에서 따왔는데, 정작 직업 사진가인 M은 사진을 가지고 말이 많았던 롤랑 바르트를 좋아하지 않았다. 그러나 그것은 중요하지 않았다. 그 한 문장이 인용된 『단순한 열정』을 카메라와 렌즈밖에 모르는 M이 어떤 경로로 입수했는지는 몰라도 그는 항상 침대 밑에 그 얇은 책을 넣어두곤 했다. 차라리 나는 롤랑 바르트의 그 한 문장보다 M 자신이 얼떨결에 내뱉은 한 문장을 더 좋아했다.

둘은 엉덩이 두 쪽이라는 뜻이야.

처음부터 M이 엉덩이를 꿈틀거리게 한 것은 아니었다. 처음 그는 콧방울을 다음엔 귓불을 그다음엔 볼, 턱살을 꿈틀거리게 해서 나를 웃겼다. 나는 그것이 무슨 대단한 마술이라서 웃은 것이 아니라 사실은 별로 꿈틀거리지 않는데도 크게 꿈틀거리는 줄 알고 과신하는 그가 우스워서 피식, 하고 웃었던 것이다. 그런데 그는 계속해서 몸의 일부분을 꿈틀거리게 하느라 무진 애를 썼고, 나는 끝내 그를 인정했다.

그의 엉덩이는 정말 잘 꿈틀거렸다.

스튜어디스들이 좁은 통로를 빠르게 이동하며 일으키는 바람결에 어느덧 착륙 시간이 가까워졌음을 알았다. 사보를 덮으면서 구이린, 리강, 리장, 계림의 이름들을 다시 떠올렸다. 안내 방송에서 도쿄 날씨는 오후 여덟 시 사십오 분 현재 영하 3도, 밤사이 최저 영하 7도까지 떨어질 것이고, 한반도에서 옮겨 온 구름의 영향으로 차차 흐려져서 새벽녘에는 간간이 눈발이 날리는 곳도 있을 거라고 알렸다.

이곳도 땅을 파기에는 적당치 않은 날씨였다. 내가 비행기를 탈 무렵 작은어머니는 수원 외곽 C 교회 수련원 뒷동산에 묻히기로 되어 있었다.

2

1월의 도쿄 하늘은 음산한 잿빛이었다. 그럼에도 이따금 마주치는 거리의 동백꽃은 피처럼 붉었다. 호텔은 도쿄 서북쪽 관문인 이케부쿠로[池袋]에 있었다. 오 년 전에도 도쿄에 열흘간 머문 적이 있었지만 이케부쿠로라는 지명은 들어보지 못했다. 이케부쿠로, 일본 지명 같지 않고 핀란드나 헝가리의 어느 소도시 이름 같다. 그러나 정작 도착하고 보니 소도시의 인상은 조금도 찾을 수 없었다. 오히려 거친 소음과 막강한 흡입력을 갖춘 거대한 진공청소기를 연상시켰다. 한번 그곳으로 빨려 들면 수없이 마주치는 안내 표지판에도 불구하고 밖으로 빠져나오기가 쉽지 않을 듯했다. 하나의 국철과 두 개의 사철(私鐵)이 맞물려 있음에도 동쪽 출구와 서쪽 출구로 연결된 대형 백화점 탓에 마치 열 개의 사철 노선이 얽히고설켜 있는 것처럼 극도로 혼란스러웠다. 단번에 호텔로 통하는 북쪽 출구에 도달하지는 못했지만 나는 정신을 뒤흔들어 놓는 이케부쿠로의 대혼잡이 마음에 들었다.

까마귀 울음소리에 잠에서 깨어났다. 그 소리는 비로소 내가 도쿄에 와 있음을 깨우쳐주었다. 까마귀 울음소리가 아니었다면 나는 며칠이 지나가도 지금 누워 있는 곳이 도쿄임을, 이국의 도시임을 실감하지 못했을 것이다. 도쿄나 서울이나 다를 게 뭐 있겠는가. 내가 잘 알지 못하는 서울의 어느 구역에 떨어져 있으려니 생각하면 도쿄도 서울이 되고 말지 않는가. 명동과 긴자(銀座)의 다른 점은 무엇이고 신주쿠(新宿)와 신사동의 같은 점은 무엇인가.

도시는 이미 오래전에 하나가 되었다. 세상에는 도시라는 한 개의 이름만 있을 뿐이다. 도쿄라는 도시, 서울이라는 도시. 도시라는 한 국가. 나는 이 도시를 떠나서 다시 저 도시에 들어와 있을 뿐이었다. 시골도 아니고 바닷가도 아닌 도시. 루이 뷔통과 맥도널드와 샤넬 넘버 5가 한결같이 최적의 자리에 박혀 있는 도시. 노숙자와 무임승차자와 매춘부가 공원과 지하도와 뒷골목을 어슬렁거리는 도시. 그러나 까마귀 소리는 도쿄에만 있었다. 그 소리가 나를 도쿄대가 있는 혼고[本鄕]로 이끌었다.

이케부쿠로에서 도쿄대까지는 지하철로 네 정거장이면 닿았다. 까마귀 소리를 듣기 전까지 나는 도쿄대도, 그곳의 상징인 붉은 문[赤門]도 생각하지 못했다. 나는 다만 잠을 자고 있었고, 그 아침, 그 하루를 어떻게 보낼 것인가조차 생각해 놓은 바가 없었다. 그러나 나는 까마귀 소리를 들었고, 그 소리에 이끌려 엉겁결에 호텔을 나왔다. 그리고 어느새 혼고의 붉은 문으로 향했다. 처음 들었던 까마귀 소리를 찾아서.

붉은 문 앞에서 까마귀 소리를 들었다. 그 소리였다. 이케부쿠로에서 들었던 소리는 다만 환청이었나 싶게 아득했다. 까마귀 두 마리가 소리를 내지르며 앞 다투어 날아갔다. 까마귀를 따라 붉은 문을 통과해 캠퍼스로 들어갔다. 길을 걷는다기보다는 차라리 까마귀를 따라가듯 속도를 내었다. 순식간에 한 마리는 어디 가고 남은 한 마리만이 본관 옆 높다랗게 자란 소나무 가지로 날아들었다. 그러고는 사방으로 울툭불툭 힘차게 뻗어 오른 가지들 사이를 휘적휘적 오가며 까악까악 울었다.

주머니에 손을 찔러 넣고 햇빛 드는 벤치에 앉았다. 까마귀를 지켜보고 있기에는 제법 쌀쌀한 날씨였다. 작은어머니의 안부가 궁금해졌다. 도쿄 태생인 작은어머니는 저 까마귀의 마성(魔性)을 알았을 것이다. 귓속을 후벼 파는 저 소리, 심장이든 뇌든 날카로운 바늘이 되어 박히는 저 소리.

아주 오래전 작은어머니가 나를 놀이동산에 데리고 갔던 날 청요리집 한쪽에 틀어놓은 텔레비전 뉴스에서 도쿄 시내가 나오자, 작은어머니는 "……그래, 까마귀 소리가 대단했었지……." 하고 중얼거렸었다. 작은어머니가 도쿄 태생이라는 것을 그때 알았고, 그 후 작은어머니와 그런 식으로 앉아본 적이 없었기 때문에 작은어머니에게서 도쿄 이야기는 다시 들을 수 없었다.

이십 년 동안 연락을 끊고 살던 작은어머니가 갑자기 나타나지 않았다면 나는 「R의 이야기」를 끝낼 수 있었을까? 공항으로 향하는 리무진 버스에 앉아 그 생각을 하고 있을 때 박윤식에게 전화가 걸려왔었고, 나는 주저 없이 R에게서 손을 떼겠다고 말했었다. 박윤식은 내가 어디로 가는지 묻지는 않겠지만 아무 생각 말고 일주일 푹 쉬고 돌아온 뒤 다시 이야기하자고 했다. 나는 원한다면 그동안 내가 모았던 자료들을 전부 넘겨주겠다고까지 하면서 다시 「R의 이야기」에 관여할 의사가 없음을 확실히 했다. 박윤식은 이 바닥에 널린 게 사람인데 그거 할 사람이야 없것소? 그래도 당신만이야 하것소, 라며 어울리지 않게 능청을 떨었다. 그러면서, 설마 지금 도쿄로 가는 건 아니겠지? 라며 옆구리를 쿡 찔렀다. 나는 아니라고도 그렇다고도 하지 않고, 어쨌든 R에게서 손을 떼겠다고 거듭 강조하다가 생각지도 않은 말을 덧붙였다. 그렇다고 후회하지는 않아요. 박윤식은 내 말꼬리에서 진의를 파악했다는 듯이여어, 그럼 됐어! 하고 호탕하게 웃었다.

박윤식의 웃음소리가 마치 옆에서 울리는 양 귓전을 때렸다. 저쪽에서 까마귀 소리가 연이어 들렸다. 소나무 가지에서 미동도 하지 않던 까마귀가 짝을 찾았는지 낮게 활을 그리며 내 머리 위로 날아갔다.

다음 날도 아침에 혼고로 직행해서 찬 허공을 찢어대는 까마귀 소리를 들었다. 까마귀 소리는 나를 우에노〔上野〕로 이끌었고, 발길은 우에노 공원 끝자락에 있는 도쿄예술대학까지 이어졌다. 도쿄예술대학 미술관에는 고희동과 더불어 한국 서양화 1세대 선두인 김관호의 그림 「해질녘」이 있었다. 대동강 능라도 앞에서 두 여인이 목욕하는 장면이 서양화의 기반을 마련하던 초기 도쿄 미술계를 술렁이게 했던 사실은 김동인과 이광수의 글을 통해 두고두고 회자되었다.

평양 사람 김관호의 당시 명성을 현장에서 확인해 볼 수 있으리란 기대가 발길을 재촉했다. 그러나 운이 없게도 마침 올해 미대 졸업생들의 기획전 행사로 「해질녘」은 볼 수 없었고, 김관호가 다녔던 회화과 건물에 들어가 둘러보는 데 그쳤다.

「해질녘」의 작가를 조선이 어떻게 대접했는가는 김동인의 토로가 생생하게 전해 주었다. 1916년 도쿄의 모든 신문은 김관호 때문에 들끓었다. 김관호는 도쿄예술대학 개교 이래 최고점의 성적으로 졸업한 학생이었고, 그의 졸업 작품은 일본 미술계의 최고 문전을 통과하고 특선작이 되었다. 그런 명예를 짊어지고 돌아온 청년 화가 김관호를 당시 조선 유일의 신문이었던 《매일신보》가 즉시 붙들기는 했으나, 금강산을 올라가 보고 쓰고 그리라는 촉탁이었다. 그러고는 그뿐이었다.

어떤 소학교에서는 그를 도화 교사로 초빙하였고, 어떤 이는 자기 부모와 조상의 사진을 들고 초상을 그려달라고 찾아왔다. 그것이 천재 양화가에 대한 조선의 인식이었고 민중의 최대의 청탁이었다. 이것을 지켜본 동향 출신 김동인이 두고두고 분통 터져 했다면, 김관호가 특선할 당시 와세다 대학 고등부 유학생으로 도쿄 현장에서 문제의 그림을 본 이광수는 흥분과 감격 그 이상의 상태였다. 조선의 그림이라는 여학생들의 소리에 정신을 번쩍 차리고 보니 대동강 석양 속에 목욕하는 두 여인이 있었고, 이광수는 그 앞에서 천군만마를 얻은 장수 모양 격앙된 목소리로 김관호의 이름을, 그 제목을 외치고 또 외쳤다. 김동인과 이광수, 그들은 그들의 시대를 살았다. 그들의 시대정신을 문제 삼기에는 나는 그들과 너무 다른 시간대를 살고 있다. 그들의 운명을 그들의 시대 속에 놓고 보는 일을 간과하면 그들에게서 들을 수 있는 소리란 까마귀가 내지르는 까악 소리와 다르지 않을 것이다. 「해질녘」을 보지 못하고 돌아서는 등 뒤가 못내 허전했다. 어둑어둑해진 드넓은 겨울 공원, 까마귀 소리만이 음울하게 발걸음에 따라붙었다.

이광수로 하여금 정신을 번쩍 차리게 한 작품「해질녘」을 R도 보았을 것이었다. 그러나 R의 글 어디에도「해질녘」에 관한 언급은 없었다. 도쿄예술대는 미술학부와 음악학부로 이루어져 있었고, 도로를 사이에 두고 마주 보고 있었다. 우에노 공원 안쪽에는 음대생의 연주홀인 주악당(奏樂堂)이 있었다. R은 미술학교 시절 동무들과 주악당에도 들르고 예술대에도 드나들었다고 자신의 글에 썼다.

김관호의「해질녘」은 R에게 어떤 것이었을까. 나는 김동인이나 이광수보다 R의 생각이 궁금했다. 그러나 R은「해질녘」에 무관심했거나 함구했다. 왜 그랬을까. 주악당과 도립미술관과 국립박물관 앞을 지나 일본이 자랑하는 근대서양미술관 앞에 다다르도록 나는 그 생각에 빠져 있었다.

그때 R은 어디에 있었나.

그때 R은 무엇을 하고 있었나.

「해질녘」이 세상을 떠들썩하게 뒤흔들던 1916년은 R이 첫사랑 최승구를 잃은 해였다. 도쿄가 온통 김관호에게 쏠렸을 때, R에게는 청춘의 암흑기가 시작되고 있었다. 도쿄 유학생계에서 문재(文才)를 드날리던 소월 최승구가 폐병이 깊어져 귀국한 뒤 밤낮으로 R을

찾아 그리워했고, 최승구의 마지막 소원을 받들어 R이
도쿄에서 전남 고흥까지 최승구를 찾아갔다. R이 다녀
간 바로 다음 날 최승구는 눈을 감았고, 그들의 사랑은
전설이 되었다.

R이 다녀간 바로 다음 날 최승구가 눈을 감은 것은
아니었다. 그러나 불완전하게 끝난 비극적 사랑은 스스
로 극적인 완성을 보는 법. R의 이야기는 한 편의 드
라마로 세인이 즐겨 말하는 한 대목이기도 했다. 최승
구의 사촌 동생 최승만의 회고에 의하면 최승구는 R이
다녀간 다음 날부터 숨을 놓기 시작했다고 했다. "나는
R 양을 형님이 누워 계신 방으로 인도한 후 이어 안채
로 피하고 말았다. 두 분이 무슨 얘기를 했는지 알지
못하였다. 한나절 있다가, 그러니까 아침에 왔다가 저
녁때 다시 떠났다. 자기 집으로 갔는지, 도쿄로 갔는지
는 알 수 없었다. R 양이 떠난 후 다음 날인 듯 (……)
벌써 숨을 거두기 시작한다. 그립던 R 양을 만나고 가
려고 한 것 같았다. R 양과 작별한 지 하루 만이 아닌
가. R 양도 생전에 사랑하던 사람을 한 번만이라도 더
만나고 싶었던 것 같다."

최승구는 4월 어느 날 눈을 감았다. 그는 R에게 무
슨 말을 남겼을까. R은 죽어가는 애인이 남겼을 법한

어떠한 말도 꺼낸 적이 없었다. 자신의 행복과 불행, 감정의 세세한 흐름과 몸의 미세한 변화까지 거침없이 세상에 드러내던 R이었다. 그런데 왜 최승구와의 마지막 순간은, 마지막 한마디는 여백으로 남겨놓았을까.

R은 떠나고 최승구는 숨을 놓기 시작했다. R이 수원 혹은 도쿄에 닿았을 때는 이미 최승구는 다른 세계 사람이 되었다. R은 최승구의 죽음 소식을 듣고 일시적 발광 상태에 빠졌었다고 나중에 여러 글에서 고백했다. 그러나 끝내 한 문장, 최승구가 이 세상에 사랑을 두고 가면서 남긴 첫 문장이자 마지막 한 문장은 누구에게도 전해지지 않았다.

우에노에서 호텔로 돌아오는 길에 다시 혼고에 들렀다. 긴자에서 이케부쿠로행으로 갈아타고 오차노미즈〔お茶の水〕역을 지나면서 다음 역이 혼고산초메〔本郷三丁目〕라는 안내 방송이 나왔다. 무심코 안내 방송을 듣다가 혼고 기쿠사카〔菊坂〕라는 데가 지척에 있을 거라는 생각이 퍼뜩 들었다. 기록에 의하면 혼고의 기쿠사카에는 R이 다녔던 도쿄사립여자미술학교가 있었다. 1948년 12월 10일 R이 객사한 것으로 알려진 뒤 1954년 정월에 염상섭이 발표한 『추도(追悼)』라는 소설에도 그 지명이 나왔다. 소설에 따르면 그곳은 R의 첫사랑, 최

승구와의 로맨스가 가지가지로 스며 있는 공간이었다. 1930년 파리에서의 최린과의 스캔들이 문제가 되어 이혼당하고 불행의 구렁텅이로 빠져 들기 시작하던 무렵 R은 첫사랑의 거리를 찾아 도쿄로 떠났고, 염상섭은 R이 그때 보낸 엽서를 자신의 소설 『추도』에서 육성으로 전했다. "혼고 모도마치〔本鄕元町〕에서 기쿠사카초까지의 그 거리를 걸어보는 것도 무한한 감회의 실마리를 잡아내는 것이었습니다. 그때 계시던 하쓰네관〔初音館〕은 집도 간판도 눈에 띄지 않아 섭섭합디다요……."

R의 음성을 붙잡기라도 한 듯 나는 전철이 혼고산초메에 도착하기도 전에 벌써 기쿠사카 옛 골목을 걷고 있는 듯했다. 골목은 어둡고 길고 좁고 그리고 적당히 추울 것이었다. R은 최승구가 죽은 뒤에도 그 길을 걸었었다. 때로는 후에 남편이 된 교토 제국대 법대생인 김우영과, 때로는 최승구가 다녔던 게이오 대학 후배인 염상섭과, 그리고 한때 R을 연모했던 와세다 대학의 이광수가 그들 사이에 끼어 걷기도 했다고 『추도』에는 쓰여 있었다.

어제도 오늘도 나는 혼고에 갔지만 기쿠사카를 찾아볼 생각은 아예 하지 않았었다. 여행사에서 찔러준 도쿄 시내 전도에서 기쿠사카를 찾았으나 대표적인 지명

이외에는 표기되어 있지 않았다. 혹시나 해서 혼고가 소속된 분교〔文京〕 구를 차근차근 거쳐서 기쿠사카를 더듬었다. 도쿄대 부근에 기쿠사카가 있을 거란 짐작 이외에 정확한 위치를 확인하지 못하고 혼고산초메에 서 내렸다. 지하철 계단을 밟고 올라오자 다리에서 힘 이 주욱 빠졌다. 나는 박윤식의 예견대로 결국 R의 족 적을 찾아 헤매 다니고 있지 않은가. 아니 보이는 것 모두, 밟히는 것 모두 R에게로 치닫고 있지 않은가.

3

호텔 로비로 들어섰을 때 엘리베이터 가까운 벽면에 손님용 컴퓨터를 설치하고 있었다. 밤이면 자정이 넘도 록 TV 채널을 이리저리 돌리며 시간을 보내다가 하품 이 나오면 불을 끄고 잠을 잤다. 그런데 그날은 기쿠사 카 골목을 찾지 못하고 도쿄대 주변만 뱅뱅 돌다 온 것 이 못내 언짢아서 냉장고에서 에비수를 두 병이나 꺼내 비웠는데도 좀체 잠 속으로 빠져 들지 못했다.

스웨터를 걸치고 로비로 내려가 컴퓨터를 켜보았다. 세 개의 메일 박스에 열두 통의 편지가 도착해 있었다.

그중 『프리다 칼로』 번역을 의뢰했던 L출판사 여하연과 로마에서 활동하고 있는 서양화가 곽진의 편지가 눈에 띄었다. 곽진은 일주일 전 귀국해 현재 신촌의 아틀리에에 머물고 있음을 알리면서 열흘간 통영에 내려가려는데 동행할 수 있는지 물었다. M은 통영 근처 여러 섬들을 돌고 있었다. 아직 돌아오지 않았는지 M은 아무 말도 없었다. 곽진에게 짧게 답장을 쓰고 메일 박스를 닫으려는 순간 M의 메일이 들어왔다.

우리 둘은 사드보다 외설스럽다.

나는 처음 겪는 순간처럼 그 문장을 보자 일시적으로 가슴이 뛰었다. 몰래 도망치다가 덜컥 뒷덜미를 잡힌 것 같았다. 그의 몸이 내 몸속으로 쑥 들어오던 순간의 짜릿한 감촉이 되살아났다. 나도 모르게 다리 가랑이가 입술처럼 슬며시 벌어졌다.

예상과는 달리 M은 몹시 흥분하고 있었다. 떠난다는 건 뭘 의미하지? 도쿄에 있는 거지? 너의 R은 어떻게 되었지? 숨도 쉬지 않고 몰아치는 것이 예사롭지 않았다. M은 평소 하루고 이틀이고 한마디도 하지 않고 보내다가도 일단 입을 열면 하나의 사항을 두세 개의 질문으로 몰아쳐 묻는 버릇이 있었다. 그것은 때로 그를 치밀하게, 그래서 질리게 하기도 했지만, 대부분은 단순하게, 그래서 순진하게 보이기도 했다. 나는 M이 흥분하는 것을 보다 못해 답장을 쓰기 시작했다.

M, 당신의 직감이 틀리지 않았어요. 나는 도쿄에 있어요. 얼마 전 당신을 따라 광화문의 일민미술관에 가서 본 아라키 노부요시의 도쿄 사진들이 제게 어떤 암시를 준 것일까요?

당신이 섬으로 떠나고 난 뒤, 아라키의 사진에서 출발한 「도쿄 맑음」이란 영화를 비디오로 구해 보았지요. 예전엔 미처 몰랐는데, 영화에서는 도쿄 하늘, 참으로 파랗더군요. 흰 구름은 또 어찌나 하얗던지요. 그런 때 사람들은 사진을 찍고 싶어 하지요. 그런 때 어떤 사람들은 눈물을 흘리지요. 당신과 같은 전문가들은 섣불리 사진을 찍지 않지만요. 또 흔들리는 감정을 들키지도 않지만요. 아무튼 도쿄 하늘, 그리고 아라키 노부요시의 사진들은 한 사람의 산물이면서 매우 이질적인 감정을 유발하는 것이었습니다.

그러나 그것들이 제가 도쿄로 오는 데 결정적인 역할을 하지는 않았습니다. 그것들과는 아무런 관계 없이 저는 도쿄에 왔고, 굳이 설명하자면 우연이라고 말하는 것이 가장 정확한 해명일 것입니다.

그러나 M, 저는 도쿄에 있지만 동시에 도쿄에 없다고

생각해도 됩니다. 나도 이 도시 어디쯤에 내가 있는지 잘 알지 못하니까요. 나는 단지 그 도시에서 이 도시로 이동해 왔고, 내가 아는 기호들을 몇 개 선택해서 그것을 따르고 있을 뿐입니다. 그러면 모든 것이 가능하지요. 평소 당신이 즐겨 그러는 것처럼 그다지 말이 필요하지 않습니다. 이곳은, 세계가 인정하듯이 기호의 제국이니까요.

M, 당신은 늘 떠나곤 하지요. 그런 당신을 보면서 나도 떠나고 싶었던가 봐요. 아이러니하게도 그 도시를 떠나면서 당신보다는 당신의 아내가 조금은 이해되는 것 같았어요. 그러면서 저란 사람 참 대단하다고 생각했지요. 당신을 만나는 몇 년 동안 한번도 그 도시를 떠나본 적이 없으니까요. 그래서 우리 관계가 가능했던 것일까요.

아, 비행기 홍보 책자에서 흥미로운 책을 발견했는데, 놀랍게도 제목이 '나는 떠난다'였어요. 이곳에서 사 보고 싶지만 당신도 알다시피 나는 일본어를 읽을 줄 모르니 당신이 그 책을 사서 읽어보았으면 좋겠어요. 당신은 책을, 아니 활자를 지독하게 싫어하지만 이번만은 나를 위해서 그 책을 꼭 읽어주었으면 해요. 그러면 다른 사람이 떠난다는 것이 무엇을 의미하는지 조금은 이해가 될지도 모르겠어요.

그리고 R은 이제 나와 관계 없습니다……

　M에게 쓰던 답장을 삭제하고 마침표를 하나 찍었다. 마침표, 점 하나. 나는 곧장 프런트로 걸어가 서툰 영어로 컴퓨터를 당장 치워달라고 했다. 프런트를 지키고 있던 여자는 몇 번을 말해도 내 말을 잘 알아듣지 못했다. 나는 컴퓨터를 치워버리지 않으면 내일 당장 호텔을 바꾸겠다고 으박질렀다. 나는 어느새 몹시 화가 나 있는 나 자신에 대해서 의아하게 생각하며 객실로 돌아왔다.

　M이 문제인가 R이 문제인가. M에게 다른 사람이 떠난다는 것이 무엇을 의미하는지 환기시킬 필요는 없었다. 십육 개월째 M은 아내와 별거 중이었다. M은 한두 번 있는 별거 상태도 아니었지만 가끔 자기의 발목에는 굵은 쇠줄이 채워져 있다고 자탄했다. 그러다가 진심으로 이혼하고 싶다고, 이혼하겠다고 말했다. 나는 그 말을 청혼으로 듣지 않았다. M의 이혼은 스페인으로 떠난 그의 아내가 돌아오기 전에는 불가능한 일이었다. M의 아이는 줄곧 그의 부모가 맡아 키워왔지만 그의 아내는 M과 이혼할 경우 절대 아이를 포기하지 않을 거라고 해서 사실상 이혼 의사가 없음을 분명히 했다. 결혼 십 년 차인 M의 형에게는 아이가 없었고, M이 아이를 낳자마자 부모에게 맡겼으니 M의 아이는

M의 부모를 마치 제 부모인 양 믿고 살아왔고, M의 부모 역시 그 아이를 손자라기보다 아들에 가까운 정성으로 키워온 터여서 아이를 절대로 포기할 수 없는 사람들이었으므로 아내가 돌아온다 해도 이혼은 성립될 수 없었다. 나는 M에게 이혼을 요구하지 않았지만, M은 그 이상으로 심적 곤란에 빠지곤 했다. 내가 결혼을 바라지 않는다고 하면 미안함에서 벗어나다가도 결국 내가 그 이유로 떠나고 말 것이라는 생각에 이내 의기소침해졌다. M은 아내를 두려워했고, 어느 날 아내가 느닷없이 돌아오는 악몽에 시달린다고 했다. 나는 점점 M의 말을 심각하게 듣지 않았지만, M은 변함없이 자신의 특수한 처지를 미안해했고 괴로워했다.

M을 만나는 동안 지극히 단순한 진리를 깨달았다. 이 세상에는 두 가지 종류의 인간이 있다. 결혼할 수 있는 인간과 결혼할 수 없는 인간. M은 정확히는 결혼하기 적당하지 않은 인간, 결혼 관계를 피해야 하는 인간이었다. M의 메일에 찍었던 마침표, 점 하나도 지워버렸다. 떠나오기 전 R의 파일을 미련 없이 지워버렸어야 했다.

흐린 하늘에 희미하게 달이 떴다. 달은 구름 밖으로

겨우 빛을 뿜어내었다. 겹겹이 에워싼 구름 저편의 빛에서 하나의 목소리가 들려왔다. R에게 열중하지 마시오. 그것은 알렉상드라 라피에르의 귀에 들려왔던 계시성 경고와도 같았다. 알렉상드라 라피에르는 내가 번역한 전기 소설 『불멸의 화가 아르테미시아』의 저자였다. 박윤식을 만나기 전 나는 그 책의 번역을 마쳐가고 있었고, 다른 번역물과 다르게 그 속에 완전히 빠져 헤어나지 못하고 있었다. 알렉상드라 라피에르는 작품 후기에 아르테미시아 젠틸레스키와의 인연은 참으로 질기고 모질어서 무려 이십 년 동안 끊어질 듯 이어졌고 그녀의 삶을 복원하기 위한 작업에 착수해서는 오 년을 고스란히 바쳐야 했음을 고백했다.

이십 년 전 처음 라피에르가 아르테미시아의 그림을 보았을 때 잔혹성과 아름다움에 전율을 느꼈고, 그때 누군가 계시처럼 그녀에게 경고했다. "오라치오의 딸에게 흥미를 가지지 마시오." 오라치오의 딸, 아르테미시아 젠틸레스키는 누구인가. 그녀는 자신에게 성을 물려준 화가 아버지 오라치오 젠틸레스키에게서 그림을 배워 17세기 최초로 화가의 반열에 여성의 이름을 등재시킨 인물이었다. 그녀가 서양 미술사에서 최초의 여성 화가로 기록되기까지 그녀는 아버지, 정부(情夫)이자 동료, 그리고 동료이자 남편과 투쟁해야 했다. 재능만으로 자기 이름을 서명할 수 없었던 시대의 한 여자의 처절한 인정 싸움이자 이름 싸움이었다.

박윤식이 「R의 이야기」를 만들어볼 생각을 했을 때 나는 아르테미시아 젠틸레스키의 전기 소설을 막 번역 출간한 상태였다. 박윤식은 일간지 서평란에 보도된 기사를 보고 대학 후배인 M을 통해 나에게 연락을 해왔다. 나는 아르테미시아 젠틸레스키에 이어 프리다 칼로를 주인공으로 한 소설 번역을 의뢰받은 상태였지만 아르테미시아 젠틸레스키의 일생에 빠져 들었다가 일 년 동안 너무 휘둘린 나머지 최초라는 타이틀이 붙은 여성과는 거리를 두려고 했다. 그러던 차에 M을 앞세우고 박윤식이 홍대 앞에 나타났다. M과 내가 심야에 자주 가던 주차장 거리 골목에 있는 동광이라는 주점이었다. 박윤식은 통성명을 마치자마자 그 순간을 기다렸다는 듯이 삐딱하게 물었다. "혹시, R을 아십니까?" 나는 어정쩡하게 "R이요?" 하고 되물었다. 박윤식은 "그럴 줄 알았다니까요."라며 가볍게 비웃었다. 나는 기분이 살짝 거슬렸고, "내가 꼭 R을 알아야만 하는 이유라도 있나요?" 하고 냉큼 쏘아붙였다. 박윤식이 들고 있던 소주잔을 내려놓고는 의자를 당겨 앉으며 은근히 시비를 걸어왔다. "알아야죠, 당신이 작가라면, 그리고 아르테미시아인지 젠틸레스키인지 하는 여자의 일대기를 제대로 옮겼다면 말입니다."

나는 더욱 기분이 상했지만, 그런 식으로 내 감정을 자극하려고 나온 것임을 간파하고는 박의 말을 무시했다. 그날 자리를 주선했던 M은 평소 버릇대로 뮤직 박스로 가서 이곡 저곡 틀어대더니 구석에 놓여 있던 기타를 가져와 기타 줄을 튕기고 있을 뿐 박윤식과 내가 불쾌한 표정으로 어긋나 있는 것을 못 본 체 내버려두었다. 박윤식은 담배를 꺼내 피워 물었고 나는 식은 조갯국물만 숟가락에 적시다가 기타에 열중하고 있는 M을 바라봤다. M이 빙긋이 웃더니 참으로 못 부르는 노래 실력으로 신중현의 「꽃잎」을 부르기 시작했다. 그것은 바로 '우리 둘은 사드보다 더 외설스럽다'와 동일한 메시지였다.

M은 카메라 렌즈를 만질 때보다 섹스할 때와 노래할 때 가장 진솔해 보였다. 나는 M이 렌즈를 만질 때의 전문가다운 몰입보다 섹스할 때나 노래할 때 본능적으로 몸 밖으로 밀어내는 소리를 좋아했다. 꽃잎이 지고 또 필 때면 그날이 생각나 못 견디겠네. 나는 허기처럼 일어나는 욕망을 참지 못하고 M의 기타에 손을

가져다 댔다. 박윤식은 담배를 다 피우지 않고 재떨이
에 무자비하게 비벼 껐다.
　　"야, 고만 해라!"

　　　　4

　　동백꽃을 보면 손으로 따 주머니에 넣고 넣고 했다.
하루하루 침대 맡에 꽃송이가 늘었다. 주머니에서 미처
꺼내놓지 못한 꽃이 손끝을 붉게 물들였다. 어젯밤 호
텔로 돌아올 때는 날이 밝는 대로 다시 혼고에 가 기쿠
사카를 찾을 생각뿐이었다. 그러나 밤사이 마음이 바뀌
었다. 까마귀 소리에서 멀찍이 놓여나 R의 행적으로
가득한 머릿속을 깨끗이 비우고 싶었다.
　　내가 도쿄를 선택한 것은 낯선 곳으로 떠나고 싶었
기 때문이다. 낯선 도시, 낯선 거리에서 낯선 사람들의
얼굴을 하루 종일 보고 돌아와 하루의 짧은 생애를 마
감하듯 맥주 한 캔으로 마른 목을 축이고 잠자리에 드
는 것이 목적이었다. 그러나 도시는 하루만 지나도 도
무지 낯설지 않아졌고 이미 보아버린 표지들만 시야에
가득했다.

　낯선 세계가 특별히 낯선 감정으로 느껴지지 않는 순간, 모든 것은 현실로 변해 버렸다. 낯선 현실도 현실이었고 비현실도 현실이었다. 나는 다시 작은어머니, 동시에 R의 현실로 끌려들어 가고 말 것이라는 좋지 않은 예감이 들었다. 그러나 더 이상 작은어머니는 존재하지 않았다. 다만 작은어머니라는 화두만은 채 내려가지 않은 목의 가시처럼 내 의식과 무의식을 넘나들며 자극하고 있었다.

　작은어머니에 비하면 R의 존재는 느닷없이 기습하는 까마귀 소리에 불과했다. 까마귀 소리를 떠나면, 그러니까 도쿄를 떠나면, 까마귀 소리는 자연 잊혀지게 마련이었다. 그러나 도쿄에 머무는 한 까마귀 소리에 무심하기란 쉽지 않았다.

　도쿄 역에서 강시언에게 전화를 걸었다. 예배 중인지 강시언은 전화도 핸드폰도 받지 않았다. 일기 예보에 따르면 서울 날씨도 평년 기온을 되찾아 영상권에 머물렀다. 양지바른 땅이라면 정오경이면 언 몸을 풀었을 것이었다. 혼고로 가는 대신 도쿄 역에서 요코하마로 가는 길을 선택했다. 까마귀 소리에 찌든 귀를 해풍으로 말끔히 씻어버리고 싶었다. 가방은 가벼웠고, 마음은 홀가분해졌다. 나는 카메라도 여행 안내서도 가지고 있지 않았다. 그러나 얼마 가지 않아 내 머릿속에서는 저절로 카메라가 작동하고 지도가 펼쳐져 내가 가야 할 길을 안내하고 있었다. 그리고 완성되지 못한 텍스트, R의 텍스트가 광장의 찢어진 깃발처럼 펄럭거렸다. 박윤식의 웃음소리가 장난처럼 깃발에 부딪쳤다. 항공사에서 나에게 전화를 걸도록 한 것은 박윤식이었는지 모른다는 의심이 뇌리에 스쳤다.

미타에는 숲, 시나가와에는 바다. 요코하마에서 돌아오는 길에 시나가와에 내렸다. R의 첫사랑 최소월은 R과 그녀의 오빠이자 친구인 나경석에게 띄우는 공개적인 편지를 "미타의 森, 시나가와의 海" 하고 시작했다. 미타[三田]에는 소월이 다니던 게이오 대학이 있었다. 미타와 시나가와는 지척이었다. 걸어서 십오 분, 전철로 한 정거장 거리였다.

요코하마 부두에서 석양이 지는 걸 보았기 때문에 미타에 도착했을 때는 완전히 어둠이 내린 뒤였다. 어둠 속에 붉은 벽돌 건물이 눈에 띄자 가슴이 내려앉는 충격을 받았다. 그것은 돌로 지어진 건물이라기보다 살로 이루어진 어떤 존재 같았다. 아니, 그것은 가까이

가고자 찾아온 사람에게만 보이는 어떤 그리움의 실체였다. 그 도서관, 붉은 벽돌 건물 앞에 서는 상상을 나는 얼마나 자주 했던가.

"아아! 나의 계련(系練)──풀지 못할 밉고 사랑스러운 계련──을 얼마나 생각하고 얼마나 사랑하는지! 그것으로 얼마나 번민하며, 얼마나 우는지!"

소월은 글에서 R을 S라, 계련이라 불렀다. 시에 있어서 따를 자 없었던 소월과 서양화 유학을 온 열아홉 살의 처녀 R을 두고 도쿄 유학생계는 최고의 커플로 인정했다. 그런데 소월은 R을 사랑하여 번민하고 울었다. 소월에게는 풀지 못할 문제, 동시에 풀어야 할 문제, 아내가 있었다.

R이 도쿄에 온 것은 1913년, 그때 도쿄에는 그녀의 정신적인 지주이자 그녀의 미적 재능의 개발자인 오빠 나경석이 유학 와 있었고, 그는 게이오대 학성 소월 최승구와 절친한 친구 사이였다. 최승구는 고국에 이미 조혼한 아내가 있었으나 나경석의 개입과 절대적인 지지에 힘입어 R과 공개적인 약혼 관계에 들어갔다. 도쿄 유학생계가 공공연히 그들을 인정하고 있었다고 하나 R과 최승구의 약혼 관계는 도쿄를 떠나서는 효력을 상실하는 것이었다. 저 까마귀 소리처럼.

고흥으로 돌아간 최승구를 도쿄의 최승구와 같은 사람으로 보아야 하는가. 고흥의 최승구는 죽음을 앞두고 있고 R은 하룻밤도 그를 지켜볼 수 없었다. R은 후일 "왜 내가 그때 내 공부를 폐지하고 철야로 간병하지 못했던고." 하고 탄식하나, 그것은 진심일까.

최승구의 아내가 있는 고흥에는 R의 자리가 있을 수 없었다. R은 손님으로 잠시 들렀다 갔을 뿐, 최승구도 R도 그런 낯선 시간을 보냈을 뿐, 도쿄에서의 약혼 관계는 오래전 날아간 까마귀 소리처럼 공허한 것이었다. 죽음의 문턱을 넘어야 하는 최승구가 이제 할 수 있는 말이란 무엇이었을까. 그는 아무 말도 하지 못했다. R은 쓰려야 쓸 것이 없었다.

미타 역에서 강시언과 통화가 되었다. 작은어머니는 예정대로 수원에 묻혔다. 초등학교 때 떠난 이후 나는 수원에 대해 잘 알지 못했다. 고등학교 삼 년을 통학했다고 하나 통학길 밖으로 벗어나 본 적이 별로 없었다. C 교회 수련원은 수원 동문 밖 산의실이라는 곳에 있다고 했다. 동문은 연무동에 있었다. 나는 연무동 궁터에서 놀았던 기억이 어렴풋이 났다. 수원 시절을 더듬다가 새삼스럽게 박윤식과 작업을 시작할 무렵이 떠올랐다. 그 자리에서 박윤식이 나와 같은 수원 출신이라는 것을 알았다.

동광에서의 첫 만남 이후 박윤식은 일주일이 채 못 되어 M 없이 만나자고 연락해 왔었다. 나는 그날 찜찜했던 기분도 풀 겸 쾌히 응했었다. 그가 일러준 대로 용산 경찰서 근처 꼼장어집으로 갔다. 마침 그 전날 나는 시내에 나갔다가 교보문고에 들러 R에 관한 책을 훑어보았었다. 2000년을 전후로 R에 관한 자료가 내실 있게 정리되어 전집까지 출간되어 있었다. R이 수원 출신이어서 조금 놀랐다. R 기념사업회의 추진으로 수원에는 R의 거리도 조성이 되었고, 예술의 전당에서는 흩어졌던 작품을 끌어 모아 전시회도 마련했고, 1999년 이후 매년 정기적으로 심포지엄이 진행되고 있음을 알았다. 내가 R에게 무관심했던 것인지, 수원에 무관심했던 것인지 둘 중 하나거나 둘 다였다. 박이 소주잔을 기울이면서 진담 반 농담 반으로 R과의 인연을 털어놨다. 그는 초등학교 때 용인으로 이사 간 나와는 달리 수원에서 태어나 대학 시절만 제외하고는 수원을 떠나본 적이 없는 온전한 수원 사람이었다.

"인연이라고 하지만 사실은 지푸라기만도 못해요."

박윤식은 조금 망설이는 표정이더니 이내 말을 이었

다. 나는 잠자코 꼼장어를 구웠다.

"R이 포교당에서 미술전을 연 적이 있었죠."

R이 수원 출신이라기에 연보를 훑어봤고, 포교당은 나에게도 미미한 추억이 얽혀 있는 곳이라 눈여겨봤다.

"아마, 그렇죠. '구미 사생화 전람회'였죠."

내가 맞장구를 치자, 박이 의외다 싶은 표정을 짓다가 유쾌하게 받았다.

"내가 바로 그 포교당 청년회 회장을 지냈단 말입니다. 고등학교 다닐 땐 주말이면 아예 포교당에 가서 살았어요."

나도 기분이 들떠서 목소리가 커졌다.

"날라리였군요, 아니면 독실한 불교도였든가, 그때 벌써."

박이 소주잔을 입으로 가져가면서 고개를 저었다.

"그런 건 아니고. 좋아하는 계집애가 있었거든요."

박이 내게 내미는 술잔을 도로 그의 앞에다 밀어 놓고 술을 채웠다.

"그게, 그렇다니까요."

박도 나도 뻔한 눈치를 주고받으며 웃었다.

"그 계집애가 R을 알고 있었어요. 그때는 R과 이런 식으로 만날 줄은 미처 몰랐습니다. 그 계집애, 그림을

그린다, 시를 짓는다, 그러고도 최우등생이다, 수원 장
안에서는 이름이 드높았는데 곧 죽어버리더군요, 제기
랄.”

박은 어느새 만취해 있었고, 택시를 잡기 위해 휘늘
어진 그를 이끌고 걸어가다 보니 용산 경찰서 앞이었
다. 설상가상 가을비가 추적추적 내리고 있었다. 다리
에 겨우 힘을 주고 서 있던 박이 사방을 휘둘러보더니
뜬금없이 내뱉었다.

“여기가 어딘지 아쇼?”

몸은 비에 반은 젖은 채 잡히지 않는 택시를 원망하
고 서 있던 나는 신경질적으로 되받았다.

“정신 차리세요, 여기가 어디인 게 지금 뭐 중요합
니까?”

박이 세웠던 몸을 출렁 흔들면서 택시가 오는 쪽으
로 달려 나갔다. 그러더니 택시를 잡고 서서 나에게 외
쳤다.

“거기 말이요, 지금 서 있는 거기, 잘 생각해 보세
요.”

제대로 몸을 가누지도 못하면서 박은 한사코 나를
먼저 택시에 태우려고 했다. 박을 택시 안에 욱여넣으
면서 “여기가 어딘지 남아서 좀 생각해 봐야겠어서요.”

라고 하자 박은 쩝, 하고 입을 다물었다. 택시 문을 닫
으려고 하자 박은 아직 할 말이 남았다는 듯이 문을 움
켜잡고는 "남자에게 순정이란 무어라고 생각하오?"라고
다소 진부한 질문을 던졌다. 나는 닭 쫓던 개 모양 택
시가 사라진 뻥 뚫린 검은 도로를 바라보고만 있었다.

R은 현 용산 경찰서, 옛 원효로 시립 자제원에서
1948년 12월 10일 행려병자로 객사한 것으로 되어 있었
다. 그러나 아무도 R이 어디에서 몇 날 몇 시에 눈을
감았는지 알지 못했다. 다만 기록에 그렇게 되어 있을
뿐이었다. 내가 「R의 이야기」에 관심을 갖기 시작한
것은 R이 나와 같은, 그리고 박윤식과 같은 수원 출신
이어서가 아니었다. 그렇다고 박이 농담처럼 찔러 넣은
'순정'이라는 취중 우문(愚問)에 현혹되어서도 아니었
다. 그럴 나이는 M을 만나기 훨씬 전에 벌써 지났다.
그러면 무엇인가.

그날 밤, 경찰서 앞, 추적추적 비 내리는 어두운 거
리에서 나는 R의 죽음을 진심으로 애도했다. 다음 날
잠에서 깨어나면서 나는 여전히 R을 생각하고 있었다.
여전히 R을 생각하는 나를 유심히 생각하다가 박윤식
에게 전화를 걸었다.

박윤식은 궁극적으로 영화를 제작하고 싶다고 했다.

그는 내가 오 년 전 시나리오 공모에 입선했던 사실을
알고 있었고, 시나리오 집필까지 함께하기를 원했다.
영화로 만들어진 시나리오를 단 한 편도 가지고 있지
않은 나에게 박이 함께 작업하자고 제의한 것을 운 좋
게 생각하거나 고맙게 받아들여야 했는데 나는 전혀 그
럴 마음이 없었다. 내가 시나리오 공모에 투고한 것은
시나리오 작가가 되겠다는 목적에서가 아니었다. 비정
기적으로 영화제 모니터를 하던 중 몸을 소재로 한 독
일 단편 영화를 보다가 내 안의 어떤 내적 힘에 이끌려
시나리오를 써냈는데, 공모자가 많지 않았던지 당선작
없는 가작으로 뽑혔었다. 그것이 상업 영화용 시나리오
가 아니라고 판명되는 데는 많은 시간이 걸리지 않았
다. 나는 자의 반 타의 반으로 영화판에 발을 들여놓지
않았고, 그때의 시나리오 입선은 일종의 해프닝으로 끝
났다. 그 후 영화제 기간만 돌아오면 나는 재미 삼아
‘나의 시나리오 입선 사건’을 떠올리곤 했고, 그러다
M의 귀에 흘러들어 갔다. 그리고 지금은 다큐멘터리를
연출하고 있지만 기회가 닿는 대로 예술 영화를 찍겠다
고 벼르던 박윤식의 귀를 번쩍 뜨이게 했다.

　처음 「R의 이야기」는 순조롭게 풀렸었다. 나는 ‘여

기, 한 인간이 있다.'로 「R의 이야기」를 시작했다. 작
업이 어느 정도 진행되었을 때 박윤식이 읽고 이의를
제기했다. 그는 내레이션의 첫 문장을 '여기, 한 여자
가 있다.'로 시작하길 원했다. 첫 문장이 왜 그렇게 시
작되어야 하는지 박과 서너 번 대작(對酌)이 이어졌다.
박은 여자를 놓지 않았고 나는 인간을 고집했다. 할 수
없이 박이 한 발 물러섰다. 단, 첫 문장만 제외하고 모
든 것을 맡기겠다고 했다. 그것은 하나 마나 한 소리일
뿐 억지였다. 첫 문장에 따라서 내용은 다르게 풀리기
마련이었다. 박윤식은 나에게 달포를 주었다. 나도 선
뜻 달포 후 독회를 하자고 했다. 그즈음 내 생애에 또
하나의 해프닝 같은 사건이 일어났다. 이십 년 동안 연
락을 끊고 살아왔던 작은어머니가 죽음을 눈앞에 두고
출현한 것이었다. 평생 누구의 호적에도 오른 적 없이
처녀로, 아버지의 숨겨진 여자로 살아온 작은어머니의
생애가 처음 내 앞에 펼쳐졌고, 나는 아버지의 죽음과
동시에 내 삶에서 퇴장했던 작은어머니란 존재를 외면
할 수 없는 입장이 되었다.

그 옛날 나는 작은어머니를 몹시 좋아했었다. 때로
는 작은어머니를 나를 낳아준 엄마보다 더 좋아했고,
그것이 엄마 눈에 띄어 수건으로 입을 틀어막힌 채 몽

둥이 매질을 당하기도 했다. 스무 살이 넘도록 작은어
머니를 좋아했다는 이유로 내 가슴에는 언제나 죄의식
이 떠나지 않았다.

작은어머니는 눈을 감기 전에 도쿄에 가기를 원했
고, 비자를 내기 위해서는 직계 가족의 신원 보증이 필
요했다. 그러나 아버지 옆에 묻혀 있는 어머니를 제치
고 작은어머니를 가족으로 끌어안을 방법이 없었다. 작
은어머니는 예상한 일이었다는 듯 그다지 아쉬워하지
않았고, 이십 년 동안 살아온 대로 다시 나를 부르지
않았다. 결국 작은어머니로 인해 내 삶이 달라진 것은
없었다. 그러나 나는 작은어머니의 주변을 빙빙 돌 뿐
R의 이야기는 차일피일 미루고만 있었다.

박윤식이 원하는 첫 문장으로 시작했다면 일은 벌써
끝났을지도 몰랐다. 그것이 내가 할 수 있는 일이었는
지도 몰랐다. 그것이 진실, 세상 사람들의 보편적인 마
음일는지도 몰랐다. 그러나 나는 끝까지 나의 첫 문장
을 버리지 않았고, 이야기는 끝을 보지 못했다. 나는
미완성 「R의 이야기」를 컴퓨터에 저장하면서 여섯 번
째로, 아니 일곱 번째로, 직업을 바꿀 생각을 진지하게
했었다. 그때 두 종류의 벨이 동시에 울렸다. 하나는
전화벨이었고, 다른 하나는 핸드폰 멜로디였다. 우선

전화를 받았다. 항공사였다. 그동안 신용 카드를 사용해서 누적된 마일리지로 내가 공짜로 갈 수 있는 나라와 도시들을 알려줬다. 나는 박윤식의 메일 주소를 클릭하면서 사흘 후 도쿄행 비행기 티켓을 예약했다.

두 번째 걸려온 전화는 수원 C 교회 목사 강시언이었다. 핸드폰에 찍힌 강시언의 번호를 누르려는데 그에게서 문자 메시지가 들어왔다. '작은어머니께서 방금 운명하셨습니다.'

M은 작은어머니의 존재를 알지 못했다. 작은어머니의 죽음으로 인해 나에게 우연히 주어진 도쿄행이 연기되거나 취소될 수도 있었으나 나는 아무런 조치도 취하지 않았다. 작은어머니는 화장(火葬)을 유언했다. 화장은 벽제 서울시립장묘사업소에서 거행되었다. 작은어머니의 유해는 5번실로 배정되었고 점화 불이 들어오자 강시언을 중심으로 이십여 명의 교회 신도들이 자리를 채웠다. 신도들 뒤에 엉거주춤 서 있는 나를 강시언이 옆으로 오라고 불렀다. 예배가 시작되었다. 하늘에 계신 우리 아버지, 여기 한 마리 가련한 양이 길을 떠납니다.

작은어머니는 가장 뜨거운 불꽃으로 타올랐다가 가

장 깨끗한 재가 되고자 했다. 그러나 이 세상은 당신 뜻대로 되는 곳이 아니었다. 작은어머니의 살과 뼈가 연소되기까지 세 시간 반이 예정되어 있었다. 그러나 재는 되지 못하고 불완전한 상태로 뼈만 남는다고 했다. 뼈가 재가 되려면 화력(火力)이 미치지 못하는 세월의 위력이 필요했다. 강에서 뿌리는 하얀 뼛가루란 무엇인가. 태우고 빻고, 마지막 섬세한 공정이 가해지는 동안 인간의 몸은 혼이 깃든 생명체가 아니라 혼이 떠난 딱딱한 사물임을 인정하고 마는 것이었다. 작은어머니는 따뜻한 체온을 간직한 인간의 손끝에서 연기처럼 사라지는 하얀 재의 환상을 품었던 것일까.

나는 강시언에게 작은어머니의 뼈를 어딘가의 땅에 묻어달라고 부탁했다. 강시언은 작은어머니의 유언대로 화장을 거행한 뒤 불완전하게 연소된 뼈를 작은어머니가 말년에 노동으로 봉사했던 수원의 수련원 뒷동산에 묻겠다고 했다. 나는 목사가 아닌 인간 강시언에게 감사를 표했다. 「앤리 로리」라는 귀에 익은 멜로디가 천국을 소망하는 찬송곡으로 힘차게 불리었다. 사랑하는 앤리 로리, 작은어머니를 불 속에 남겨두고 나는 바다를 건넜다. 그리고 까마귀 소리를 들었다.

R과 작은어머니는 아무런 관계가 없는 사람들이었

다. 그러나 내가 R을 놓으려는 순간 작은어머니가 숨을 놓았다는 것이 불시에 나타나 영혼을 잠식하는 까마귀 소리처럼 내 의식에 따라붙었다. 그리고 도쿄는 사흘 내내 흐렸다.

춘春

―벗꽃 지다

1

　M은 열 그루의 벗나무 중 마지막 나무 아래 서 있었다. 나는 놀이터를 에워싸고 있는 벗나무들을 지나 M에게 가면서 습관대로 나무의 수를 세었다. M이 아니었다면 나는 근처에 살면서도 놀이터에 몇 그루의 벗나무가 서 있는지 알지 못했을 것이다. 그것은 알아도 그만 몰라도 그만이었으나, 일단 그곳을 지나가게 된 이상 수를 세는 버릇은 내 의지와는 상관없이 자동으로 작동되었다.

　내가 벗나무들을 지나오는 동안 M은 미동도 하지 않고 빗물 때문에 생긴 웅덩이를 주시하고 있었다. 흙

탕물에 꽃잎들이 시체처럼 둥둥 떠다니고 있었다. 나는 아홉 번째 벚나무에 멈춰 서서 잠시 M을 건너다보다가 고양이처럼 다가가 M의 어깨에 볼을 가져다 대었다. 빗물에 젖은 어깨가 차갑지 않았다. M이 고개를 살짝 돌리기만 하면 그의 입술은 내 입술과 포개질 것이었다. M은 그런 식으로 내가 그의 어깨에 기대는 것을 몹시 좋아했다. 여느 때 같으면 내 머리가 그의 어깨에 닿기만 하면, 그래서 내 숨결이 그의 목덜미 솜털을 건드리기만 하면 M은 단숨에 내 입술을 삼켜버렸을 것이다. 그런데 생각보다 M은 크게 화가 나 있었다. 그가 미칠 듯이 좋아하는 내 숨결과 체취에도 아랑곳 않고 그는 목석처럼 서 있기만 했다. 비는 그쳤으나 간혹 M의 웃옷 자락에서 물방울이 떨어졌다.

우리 둘은 사드보다 외설스럽다. M은 낮에 전화를 걸어 이제 그 문장을 버려야 할 것 같다고 말했었다. 나는 변함없이 그 말을 들으면 가슴이 뛰고 흥분한다고 말했다. 그러나 M은 내 말을 믿지 않았다. 도쿄에서 돌아와 M을 본 것은 두 달 동안 기껏 세 번뿐이었다. 그것도 박윤식이나 곽진과 함께였다.

M은 이 주 전부터 몸이 무겁다고, 꽉 찼다고, 마치

심각한 병의 증세를 알리듯이 나에게 호소했다. 그 말은 '우리 둘은 사드보다 외설스럽다'보다 더 절박한 요구였다. 그러나 공교롭게도 M은 매번 내가 수원에 다녀올 때 메시지를 보내왔고 나는 M의 욕망을 받아줄 수 없었다.

M의 젖은 어깨에서 따스한 온기가 느껴졌다. 전신을 감싸고 있던 불온한 기운이 온기를 타고 전부 M에게 흘러가는 것 같았다. 그렇게 서 있으니 허공에 발을 디딘 채 풍선처럼 매달려 있는 듯했다. 낮에 비행기에 몸을 싣고 제주 공항을 이륙할 때에도 느끼지 못했던 나른한 현기증이 기분 좋게 몸을 감쌌다. 빗속에 검은 화산돌을 밟고 유채꽃 밭으로 걸어 들어가던 곽진의 실루엣이 어른거렸다. 곽진을 렌터카에 태우고 사흘간 유채꽃을 쫓아 해안선을 돌고 돌았지만, 막상 비행기에서 내리니 내가 정말 제주에 갔었기는 한 걸까, 아득하기만 했다.

M의 목덜미께에 코를 지그시 묻고 그의 시큰한 체취를 들이마셨다. 기우뚱하고 M의 다리가 꺾였다. 나는 봄밤의 환각을 털어내듯 M의 어깨에서 볼을 잠시 떼었다가 다시 바짝 목에 대고 누르며 그의 허리를 손으로 감았다. M의 단단한 허릿살이 그와의 마지막 섹

스의 감촉을 일깨웠다. 그러자 M이 늘 나에게 그러듯이 그의 몸에 걸쳐져 있는 옷이란 옷은 모조리 그 자리에서 확 벗겨버리고 싶은 충동이 치솟았다. "M, 당신 지금 한 가지만 생각하고 있는 거 알아요."

M은 그 순간을 위해 힘겹게 참아왔다는 듯이 맹렬하게 내 입술을 덮쳤다.

잠에서 깨어났을 때 제일 먼저 눈에 띈 것은 탁자 위에 놓인 노란 봉투였다. M이 가져다준, 소위 생활비라는 것이었다. M이 정말 노란 봉투를 들고 올 줄은 몰랐다. 그가 생활비를 주고 싶다고 말한 것은 지난달 초 J 신문사에 첫 출근을 한 날 밤이었다. M은 회식 도중에 밖으로 나와 전화를 걸어서는 끊을 생각을 하지 않아 내가 먼저 끊으려고 하자 생활비 얘기를 꺼냈다. 나는 취기에 해본 말이겠거니 하고 현실적으로 생각하지 않았었다. 그러나 생활비라는 말에 귀가 솔깃했던 것은 사실이었다. 꿈에도 생각하지 못했던 일이 일어날 때 그런 기분일까. 나는 잠시 어리둥절했다.

"어떻게 그런 생각을 했어요, 당신?"

내가 예상 외로 띌 듯이 기쁜 내색을 하자 M은 도리어 미안해하며 생활비라기보다는 용돈에 가깝다고 말끝을 흐렸다. 스튜디오를 가지고 있기는 했지만, 수입이 일정치 않아 나에게 생활비를 줄 정도로 경제적인 여유가 그에게는 있지 않았다. M의 생활비 없이도 나는 그동안 아쉽지 않게 그럭저럭 살아왔다. 아이 양육비와 부모 생활비도 제때 들이밀지 못한 채 아내가 스페인으로 떠날 때 챙겨 간 융자금 대출 이자에 허덕이는 형편이라는 걸 나는 모르지 않았다. 그러나 사람 마음이 참으로 간사해서 M에게서 생활비라는 말을 듣는 순간 그것은 기막히게 멋진 고백이라도 되는 양 내 귀에 착 달라붙었다.

노란 봉투는 매우 가벼웠다. 그러나 M에게 노란 봉투를 받아 들자 갑자기 위상이 바뀌었다. 그가 남편처럼 여겨졌다. 나는 식구의 끼니를 위해 노동에 정진한 가장(家長)에게 예의를 갖추듯 노란 봉투에 감사했다. 그것은 코미디를 내포한 진중한 연기였으나 M은 의외로 그런 내 모습에 감동했고 내 몸을 힘껏 안아 올려서는 풋사내처럼 키스를 퍼부으며 두 번째 섹스에 돌입할 기세였다. 나는 그의 입을 한 손으로 막고 다른 한 손으로 주머니에서 자동차 열쇠를 꺼내 보였다. 그는 웬 열쇠인가 하고 눈을 두어 번 끔벅거리다가 다시 키스에 몰입하려고 했다. 나는 정신없이 벗어던졌던 옷을 주섬주섬 챙겨 입히고는 M을 데리고 주차장으로 내려갔다.

M은 주차되어 있는 자동차를 보고 난감한 표정을 지었다. 마치 떠나지 못하게 벽장 속에 숨겨놓은 날개옷을 내가 찾아내기라도 한 것 같은 얼굴이었다.

"어떻게 하려고?"

M은 내 얼굴에서 눈을 돌려 자동차 유리에 대고 물었다.

"어떻게가 아니고 어디를 가려느냐고 물어야 하는 거 아녜요?"

나는 여전히 입술처럼 얇고 보드라운 노란 봉투의 감촉을 떨치지 못하고 가볍게 흥분하고 있었다. M은 나와 농담할 기분이 아니라는 듯 갑자기 언성을 높였다.

"어디를 가고 싶으면 나에게 말하면 되잖아!"

M은 내가 도쿄에 다녀온 이후 부쩍 내 행동에 신경을 썼다. 나는 열쇠를 도로 손 안으로 거두어들이며 자동차 문에 엉거주춤 엉덩이를 걸치고 섰다.

"소설처럼, 나는 떠난다, 라는 말 따위는 이제 하지 않을 거예요."

나는 M이 지켜보는 가운데 노란 봉투를 사이드 탁자에 다소곳이 내려놓았다. 그리고 덧붙였다.

"생활비를 받았으니 쌀을 사야겠어요."

내가 해놓고도 내가 한 말 같지 않게 목소리는 메아리처럼 아득하게 울렸다. 그제야 M은 카메라 렌즈를 주시하는 안정된 눈길로 내 눈을 들여다보았다. 언젠가 열 살 무렵의 해질녘 풍경이 떠올랐다. 작은어머니는 쌀이라는 말을 몹시 좋아했다. 아버지는 작은어머니에게 노란 봉투를 손에 쥐여주었고, 작은어머니는 봉투를 두 손에 모아 쥐고 더없이 행복한 미소를 지으며 말했다, 생활비를 받았으니 쌀을 사야겠어요.

M이 떠난 뒤에도 나는 노란 봉투에 손을 대지 않았다. 탁자 서랍 안에는 또 다른 봉투가 놓여 있었다. M의 노란 봉투는 황금 알이라도 품고 있는 듯 밤새 빛을 뿜어냈다.

2

1918년 봄에 발표된 R의 소설 「경희」는 이렇게 시작한다. 아이구 무슨 장마가 이렇게 심해요.

비가 그치지 않고 사흘 연속 내리다가 하루 반짝 해가 났다. 소설 프리다 번역 건으로 L출판사 여하연의 전화를 받고 외출하려다가 잠깐 메일 박스를 열어보니 '春夏秋冬'이라는 제목으로 도쿄에서 편지가 와 있었다.

어쩌죠? 여기는 봄이 가버렸습니다. -.-;; 제가 보내드리는 음악과 사진이 당신에게 유익했으면 합니다.

혼고에서, 백수웅.

백수웅은 처음 만났을 때부터 말끝마다 어쩌죠? 하고 물었는데, 그 때문인지 '당신'이라는 어색한 호칭에도 불구하고 친근하게 느껴졌다. 음악 파일을 클릭하는 동시에 전송되어 온 사진들을 대충 훑어보았다. 「春夏秋冬」은 일본의 스테디 앤드 코(Steady & Co.)라는 록앤드 힙합 밴드의 프로젝트 앨범 수록곡으로 첫 소절부터 강렬하게 귀를 사로잡았다. 사진은 열 컷 정도 되었고, 거의 다 R의 하숙집과 R의 도쿄사립여자미술학교 교사가 있던 혼고 기쿠사카 골목 풍경이었다. 그들과 다른 한 컷이 눈에 띄었는데, 어둑어둑한 캠퍼스 숲, 검은 가지에 앉은 두 마리 새의 모습이었다. 백수웅은 혼고 일대 골목을 기웃거리던 어느 밤 퍼플 뮤직이라는 중고 CD 숍에서 만났다. 그는 작은 체구에 현명해 보이는 눈빛을 가진 유학생이었다. 그 현명함에는 우수라

든지 외로움 같은 것은 없어 보였다. 겨울나무에 앉은 작은 새에게 눈길을 준 그가 새삼 흥미롭게 다가왔다. 주점으로 자리를 옮겨 자정 가까이까지 히레를 마셨었다. 헤어질 때 그는 내 호텔까지 배웅해 줄 수도 있다고 제안했었고, 내가 정중하게 거절하자 어둠 속에서 손을 흔들어주며 순하게 웃어 보였었다. 그때의 백수웅의 모습이 떠올라 나도 모르게 흐뭇한 미소를 지었다. 사진과 음악을 저장하지 못한 채 외출을 서둘렀다. 사진도 그렇지만 음악을 끝까지 듣지 못하는 것이 못내 아쉬웠다.

정오의 정동 길을 걸었다. 포석에 짓이겨진 꽃잎들 위로 맹렬하게 햇빛이 달라붙었다. 감쪽같이 여름이 시작된 것 같았다. 그러나 일기 예보는 밤늦게 다시 비가 내릴 거라고 알렸다. 봄장마가 따로 없었다. 4월에 장마라니! 한반도의 기후는 봄과 가을이 짧아진 대신 여름이 길어지는 혼합형 아열대로 바뀌어버린 듯했다. 여하연과 늦은 아침 겸 이른 점심을 먹은 뒤 정동 교회 쪽으로 걸어 내려갔다. 걷다가 적당한 벤치에 앉아 커피를 마실 참이었다.

"사람은 언제 소설을 쓰게 될까요."

나는 여하연과 보조를 맞추면서 눈으로는 정동 교회 인근을 더듬고 있었다. 소설 쓰는 주체를 소설가가 아닌 '사람'으로 지칭한 내 질문이 나에게도 뜬금없이 들렸다.

"글쎄요, 잘은 모르지만, 자기 자신을 제물로 삼아서라도 치유해야 할 상처가 있을 때 쓰게 되는 게 아닐까요."

여하연은 나와 같은 또래였으나 외모는 실제 나이보다 서너 살은 앳되어 보였다. 미술대학을 나온 뒤 문예창작학과 대학원에 적을 두고 있어서 소설가들과 자주 어울린다고 했다. 그날 점심은 번역 의뢰를 받았던 프리다 칼로의 원서를 넘겨주려고 나간 자리였으나 여하연은 시간에 구애받지 말고 작업해 달라며 한사코 책을 받지 않았다. 내가 번역한 아르테미시아 젠틸레스키의 열렬한 애호가임을 자처하면서 그녀는 아르테미시아는 아깝게 놓쳤지만 프리다 칼로만큼은 결정판을 내겠다는 의욕을 보였다. 그러면서 내가 R과 맺어져 있는 것을 알고는 내심 눈독을 들이고 있었다.

나는 떠안기다시피 하는 『프리다 칼로』를 도로 받아 들면서도 언제까지라고 기약할 수 없었다. 박윤식을 피하고 있기는 했지만 내 가방 속에는 언제나 국학자료원에서 펴낸 776쪽짜리 『원본 R 전집』이 들어 있었다.

정동 교회에 다다를 즈음 맞은편 정동 극장 쪽에서 요란하게 악기 소리가 터져 나왔다. 펑키 재즈의 다이내믹한 사운드에 이끌려 그쪽으로 걸어 내려갔다. 체리 주스라는 사인조 남녀 혼성 그룹의 연주가 시작되고 있었다. 신인 밴드답게 사운드가 거침없었고, 록과 힙합이 믹스된 유쾌한 리듬이 몸을 움직이도록 만들었다. 여하연은 객석 의자에 앉고 나는 그 옆에 서서 고갯짓으로 가볍게 리듬을 탔다. 근처에서 점심 식사를 마친 직장인들이 두셋씩 짝을 지어 공연장으로 속속 모여들었다.

아침에 여하연이 전화를 걸어왔을 때 나는 가능하면 정동 극장 근처에서 만났으면 했고, 여하연은 출간 막바지에 있는 책 때문에 경황이 없기는 하지만 두 시간 정도 움직이는 것은 어렵지 않다고 했다. 여하연과 함께 있는 동안 그녀의 핸드폰 벨이 수없이 울렸다.

"덕분에 좋은 구경 하네요."

여하연은 핸드폰 폴더를 닫을 때마다 양해를 구하듯 말치레를 했다.

"여기에서 다른 볼일이라도 있나 봐요?"

여하연은 헤어지기 아쉬운 표정을 지으며 내 손을 잡은 채 물었다. 연주곡이 펑키 록으로 바뀌면서 드럼 주자가 신나게 두드려대는 통에 목소리를 높여야 했다.

"네, 그림 좀 보려구요."

내가 덕수궁 안쪽을 가리키자 여하연은 알겠다는 듯이 고개를 끄덕였다.

"뭐 좋은 게 있습니까?"

야외 연주장은 삽시간에 관객들이 찼다.

"과천에 있는 그림들이 나들이 나와 있거든요, '근대 미술의 산책전'이라고."

발 디딜 틈 없이 사람들이 몰려드는 통에 나는 여하연의 손을 잡은 채 겨우 밖으로 빠져나왔다.

"염두에 둔 그림이 있는 모양이에요?"

여하연은 미술관 입구까지 함께 가려는지 한 발 앞장섰다.

"깡깡 무희라고……."

내가 R의 그림이라고 말하려는데 여하연이 반색을 하며 급격히 몸을 돌려세웠다.

"아, 깡깡 무희, 저도 알아요. 그런데 그 그림이 지금 저기에 있습니까?"

오후 세 시. 연주는 끝이 났고, 직장인들은 제자리로 돌아갔고, 무대는 텅 비었다. 야외무대와 마찬가지로 근대 미술의 산책전에도 점심시간을 이용한 직장인 관람객이 많았다. 관람자 대부분 「깡깡 무희」 앞에 멈춰 서는 일 없이 빠르게 훑고 지나갔는데, 어쩌다 한두 사람 그 앞에 설 때는 "깡깡? 깡깡이 뭐지?" 하고 고개를 갸웃했다. 그들 중 누구에게도 그림 속 여인이 몽마르트르의 꽃 물랭 루주의 무희로는 보이지 않는 모양이었다. 관람자들의 대화를 한 귀로 들으며 그림과 마주하고 서 있었다. 막 무대를 내려온 무희에게서 파리의 화려한 밤의 절정이라는 물랭 루주 극장의 열정과 흥분을 읽어보려고 했다.

누구든 한 번은 인생의 절정기를 맞는다. R에게 절정은 남편 김우영의 후원 아래 몽파르나스 야수파 화실을 드나들며 「깡깡 무희」를 그리던 파리 시절이었다. 아니다. 그보다는 염상섭의 지적대로 최승구를 만나 첫사랑을 불태우던 시절, 그러니까 최승구와 약혼 관계에 있던 도쿄 시절이었는지 모른다. 아이러니는 이때건 저때건 절정은 오래가지 않는다는 것이다. 오래가기는커녕, 모든 절정에는 예외 없이 불행의 음험한 그림자가 동시에 깃든다는 것이다.

텅 빈 무대에 엉덩이를 걸치고 앉았다. 정면으로 정동 교회 종탑이 눈에 들어왔다. 등나무 꽃이 피려고 다문 입을 떨고 있었다. 밤에 비가 내릴 거라는 예보가 무색할 정도로 하늘은 파랗고 햇빛은 강렬했다. 행인들은 모두 발소리를 죽이고 걸어가는지, 새들은 모두 날개를 접고 쉬고 있는지, 사방은 나뭇잎을 흔드는 바람 소리뿐 고요하기 그지없었다. 그때 비수를 꽂듯이 날쌔게 날아가며 내지르던 까마귀 소리가 귓속으로 파고들어 왔다. 나도 모르게 손을 귀에 가져가 감쌌다. 예리한 핀셋으로 귓속을 후벼 파듯 통증을 느꼈다. 그러나 귀는 이상이 없었고, 까마귀 소리는 다시 들리지 않았다.

도쿄에서 돌아와 한번도 까마귀 소리를 들은 적이 없었다. 아까 여하연과 정동 길을 걸으면서 뒤에서, 옆에서 혹은 위에서 무엇인가, 새 같은 검은 물체가 그림자처럼 나를 따라붙는 듯했다. 오랜만에, 그것도 대낮에 도시 한복판, 한꺼번에 쏟아져 나온 사람들의 물결에 휩싸이다 보니 기분이 어수선해진 탓이라고 가볍게 무시했었다. 그런데, 아무도 없는 텅 빈 무대, 새 한 마리 날지 않는 파란 하늘 아래에 앉아 예배당 종탑을 바라보고 있어도 사정은 마찬가지였다. 뒤에서, 옆에서 혹은 위에서 나를 따라붙던 것은 다름 아닌 까마귀 소

리였다. 그것은 오랫동안 비명(悲鳴)을 끌어안은 우물
속 메아리처럼 한꺼번에 내 안에서 터져 나오려 했다.

혼고 도쿄대 교정 붉은 문 부근, 기쿠사카초 골목,
이케부쿠로의 창녀들 거리, 우에노 공원 숲. 마치 잃어
버린 사랑의 정표처럼 한번 시작된 까마귀 울음소리는
내 가슴팍을 두드리며 사정없이 찔러댔다. 나는 환청에
떠밀리듯 무대에서 일어나 극장의 벽돌 아치문을 통과
했다. 까마귀 소리를 쫓아가듯 곧장 길을 건너 교회 안
으로 들어섰다.

3

까마귀는 어디에도 없었다. 여기는 도쿄가 아니었
고, 나는 서울 한복판 정동 교회 마당에 서 있었다. 까
마귀에 사로잡힌 것은 백수웅이 보내온 도쿄 사진들 때
문인지도 몰랐다.

종탑 아래 담 밖으로 고개를 내민 라일락 나무에서
뭉텅 꽃내음이 묻어왔다. 오른쪽으로 고개를 돌려 보니
남녀 신도들이 정원 안에 옹기종기 모여 앉아 늦은 점
심을 먹고 있었다. 그들 사이사이로 목단이며 철쭉이며

봄꽃들이 앞 다투어 피고 지고 있었다. 가슴팍으로 땀이 흘러내렸다. 예배당과 마주하고 있는 아펜젤러 동상 옆 나무 그늘 속으로 들어갔다.

까마귀 소리를 그리워하게 될 줄은 몰랐다.

증축하면서 새 단장을 한 탓에 건물에서는 백 년이 넘는 세월의 연륜이 감지되지 않았다. 그러나 한국 땅에 선보인 첫 서양식 십자형 고딕 양식의 단순한 실루엣만은 독특한 개성을 잃지 않고 있었다. 좌우 출입문에 놓인 돌층계에 눈길이 닿았다. 각각 여덟 개의 돌층계가 놓여 있었다. R은 김우영과 결혼하기 위해 둘 중 하나의 계단을 밟았을 것이다. 1920년 4월 10일 오후 세 시, 그날도 오늘처럼 더없이 화창한 봄날이었을까.

난데없이 까마귀 소리에 홀린 마음을 진정시킬 겸 예배당 안으로 들어가려고 계단을 밟고 올라섰다. 오르간 소리가 듣고 싶었다. 예배당의 서늘한 공기를 폐부 깊숙이 들이마시며, 삐걱거리는 마룻바닥을 조심조심 걸으며, 이 창 저 창 쏟아져 들어오는 4월의 눈부신 햇빛에 절로 눈을 감으며, 하나 아닌 파이프들이 일제히 공명하는 오르간 소리를 들으면 방금 전까지 따갑게 들쑤셨던 까마귀 소리의 환청을 잠재울 수 있을 것 같았다.

그러나 예배당 문은 열리지 않았다. 예배당 안으로 통하는 문이란 문은 모두 닫혀 있었다. 수위를 찾아가자 일요일 예배 때만 문을 연다고 했다. 하는 수 없이 월드라이프 다큐 팀의 일원으로 취재 요청을 했다. 수위가 열쇠를 찾아 예배당 문을 여는 동안 문화재를 가까이 관람하도록 해야지 이렇게 폐쇄시켜 놓다서야 되느냐고 묻자, 수위는 문을 열다 말고 누구에게 호통 치듯 말했다.

"한국 사람은 말을 잘 안 듣잖아요! 들어가지 말라는 곳만 들어가고, 만지지 말라는 것만 만지고, 한국 사람들 아직 멀었어요."

수백 년 된 파리의 노트르담 대성당은 일 년이면 세계 각지에서 수백만 명의 관람객이 다녀간다고 말하려다가 그만두었다.

예배당 안은 예상대로 어둡고 서늘했다. 종탑의 스테인드글라스 원형창이 어둠 속의 꽃처럼 눈을 사로잡았다. 가톨릭 성당의 화려한 문양과는 대조적으로 극히 단순화시킨 것이 인상적이었다. 기둥을 따라 종탑 아래까지 걸어가는 동안 수위는 지난해 증축 때 겪은 논란을 전문가처럼 브리핑해서 들려주었다.

"이 기둥들 말이에요, 그러니까 원래는 이게 예배당

벽이었던 거예요, 흠…….”

내가 제법 그의 말을 귀담아듣는 듯하자 흡족했던지 수위는 구석구석 나를 데리고 다니며 설명을 더했다. 제단에 이르러 설교대를 손가락으로 짚으면서 “이건 보아하니 그때 것일 거고…….” 하고 말하다가, 몸을 숙여 대의 중앙에 돌올하게 새겨진 글자를 마치 처음 대하듯 들여다보더니, “애망신? 거 뜻은 좋은데, 듣기 거북하네.” 하고 혀를 찼다.

무슨 소린가 하고 수위가 가리키는 글자를 보니 ‘愛望信’이라 새겨져 있었다. 사랑과 소망과 믿음. 그보다 나에게는 제단 위가 더 흥미로웠다. 드럼과 피아노가 양 옆에 설치되어 있어 마치 공연장을 방불케 했다.

수위는 내 눈길을 놓치지 않고 “아, 젊은이들 예배를 여기서 하죠.” 하고 해명하듯 토를 달았다. 나는 수위의 자진 설명이 그리 달갑지 않았으나 그는 나를 위해 뭐 더 알려줄 게 없나 하는 눈치였다. 그때 교회 직원이 문을 빠끔히 열고 수위를 찾았다. 수위는 큰 걸음으로 얼른 문께로 가서는 나보고 더 있어도 된다는 듯이 손짓을 하고는 밖으로 나갔다. 아무런 말도 없이 수위실을 그렇게 비워놓아도 되느냐는 소리가 밖에서 들렸다.

　수위가 나가자 예배당 안은 곧 백 년 전의 침묵 속
으로 되돌아간 듯 고요했다. 유리창으로 부서져 들어오
는 오후의 햇살은 햇살대로 실내에 고인 그늘빛은 그늘
빛대로 분명한 경계를 이루고 있었다. 중앙 홀의 신자
석에 앉았다. 까마귀 소리도 오르간 소리도 들리지 않
았다. R의 소설 속 육성, 경희의 기도 소리만이 귓전
에 맴돌고 있었다.
　"하느님! 하느님의 딸이 여기 있습니다. 아버지! 내
생명은 많은 축복을 가졌습니다. 보십소! 내 눈과 내
귀는 이렇게 활동하지 않습니까? 하느님! 내기 무한한
영광과 힘을 내려주십소. 내게 있는 힘을 다하야 일하
오리다. 상을 주시든지 벌을 내리시든지 마음대로 부리
시옵소서."

　사람은 언제 소설이라는 것을 쓰게 되는가. 여하연
에게 물었을 때, 그녀로부터 일리 있는 대답을 기대한
것은 아니었다. 그러나 여하연의 대답은 일품이었다.
자신을 제물로 삼아서라도 치유해야 할 그 무엇이 있
을 때.
　R은 화가였다. 그녀가 한국 최초의 서양화가라는 것
은 나에게 중요하지 않았다. 문제는 R이 소설을 썼다

는 것, 자신을 제물로 삼아서라도 치유해야 하는 마음 한구석의 상처를 위해 그림보다는 소설을 선택했다는 것. R이 소설을 쓴 것은 선택의 문제가 아니라 본능의 문제, 초월의 차원이 아니었을까.

처음 R의 이야기에 착수하면서 경희에 집착했었다. 그러나 R에게서 도망치듯 도쿄로 떠날 즈음에는 경희를 망각하고 있었다. 그런데 도쿄에서 돌아와서 제일 먼저 경희를 찾았다. 나리타 공항 대기 의자에 앉아 있을 때 한 가지 생각이 뇌리에 스쳤다. 최승구가 죽고 R이 매달린 것은 무엇이었을까. 「경희」가 한국 최초의 여성 화가에 의해 쓰인 소설이라는 것, 그럼에도 문장력으로 보나 구성력으로 보나 시각의 균형성으로 보나 현대 단편 소설로서 당시 그 어느 작가의 작품보다 완성도가 뛰어나다는 것 등 일련의 문학사적인 가치는 나에게 두 번째 문제였다. 나에게 화두는 R이 언제 왜 소설을 썼는가였다.

「경희」는 최승구가 죽은 1916년 봄으로부터 이 년 뒤인 1918년 3월 도쿄 여자유학생친목회 기관지인 《여자계》 2호에 발표되었다. 그렇다면 그것은 1916년에서 1917년 사이에 쓰였을 가능성이 높았다. 나에게 「경희」는 R의 첫 번째 소설이지만, R에게는 두 번째 소설이었다. R의 첫 번째 소설은 「부부」였다. 그 작품은 「경희」보다 한 해 먼저, 1917년 7월《여자계》창간호에 발표되었다. 그러나 짐작에 따른 기록뿐 작품은 미발굴 상태였다. 발표는 「부부」가 앞서지만, 둘 중 어느 것이 먼저 쓰였는지는 R 이외에 아무도 알 수 없었다. 나는 「부부」보다는 「경희」쪽에 더 무게를 두었다.

소설 「경희」는 도쿄 유학생 경희의 결혼관을 대변한다. 실제 아버지의 결혼 강요로 도쿄로 돌아가지 못했던 1915년의 R의 상황과 일치한다. 소설은 아버지의 강요로 "좋은 옷에 생전 배불리 먹다가 죽"을 곳으로 시집을 가느냐, "보리밥이라도 제 노력으로 저 밥을 제가 먹는" 사람의 길을 찾아 홀로 서느냐가 갈등 구조의 핵이다. 실제 그것은 약혼자 최승구가 죽기 전부터 R이 당면해 있던 현실이었다. R은 소설 「경희」의 마지막 대목을 빌려 "오냐 사람일다. 사람으로 보이지 않는 험한 길을 찾지 않으면 누구더러 찾으라 하리! 산정에 올라서 내려다보는 것도 사람이 할 것이다. 오냐 이 팔은 무엇 하자는 팔이고 이 다리는 어디 쓰자는 다리냐?" 하고 결혼에 결연히 등을 돌리지만, 불과 이 년 만에 김우영의 팔짱을 끼고 정동 예배당 문턱을 넘었다.

유리창 너머는 여전히 햇빛이 찬란했다. 창을 사이에 두고 세상은 둘로 나뉘었다. 창밖은 현실이고, 내가 앉아 있는 어두운 예배당은 허구 같았다. 아니 그 반대였다. 저 햇빛 쏟아지는 창밖이 허구이고, 내가 꼼짝 못하고 붙잡혀 있는 예배당의 어둠 속은 현실이었다. 제단으로 올라갔다. 오르간 덮개를 열었다. 고르게 드러난 건반을 보자 누르고 싶은 충동이 일었다. 두 손을 건반 위에 올려놓았다. 손가락 하나 움직이지 않았는데, 어떤 음도 울리지 않았는데, 마치 열 손가락 밑에서 열 개의 소리가 한 덩어리로 공명하며 열 손가락 끝을 찌르듯 전신에 소름이 돋았다.

중앙 홀 통로를 내려다보았다. R의 결혼식 사진이 보이는 듯했다. 흰 고무신에 흰 버선, 흰 치마와 흰 저고리 그리고 흰 꽃에 흰 면사포를 쓴 R이 김우영과 나란히 걸어 들어오고 있었다. 내가 앉아 있던 신자석 앞뒤로 까까머리 아이들과 단정히 비녀를 꽂은 아녀자들, 그리고 점잖은 남정네들이 자리를 메우고 있었다. 아이들 더러는 뒤를 돌아보고, 아녀자들 더러는 신부를 관찰하고, 남정네들 더러는 신식 결혼식 풍경을 사색하고 있었다. 신부는 한국식 혼례복 대신 웨딩드레스 이미지의 새하얀 한복을 입었고, 신랑은 머리끝에서 발끝까지 서구식 양복을 차려입고 있었다. 삼백여 좌석을 차지한 하객들은 물론 마당을 가득 채운 관객들이 이들의 입장을 지켜보았다. 신랑 신부와 더불어 그들을 하나로 묶어놓는 것이 있었다. 천장이고 바닥이고 창이고 벽이고 할 것 없이 예배당 전체를 뒤흔드는 오르간 소리였다. 나는 그날의 오르간 소리를 듣고 있었다. 그것은 내가 알고 있는 또 다른 오르간 소리를 불러냈다.

산토 스피리토 인 사시아. 그 예배당은 로마의 유서 깊은 바티칸 구역의 외진 골목에 있었다. 세계 미술사에 최초의 여성 화가로 등재된 아르테미시아 젠틸레스키는 그 조그만 예배당에서 도둑 결혼식을 올렸다. 아버지의 재능을 능가하는 천부적인 소질을 가졌으나 아버지의 동료 화가이자 기혼자인 아고스티노 타시에게 강간을 당하고, 17세기로서는 유례가 없던 강간 소송을 벌여 승소를 하고도 정조 유린의 불명예 때문에 태생지 로마를 떠나야 했던 여자. 딸에게 자신의 전부를 걸었던 아버지의 울부짖음 소리가 오르간 소리에 실려 회오리치듯 밀려왔다. 그 소리는 아르테미시아에게는 새 출발을 염원하는 결혼 축하곡이었지만, 그 아버지에게는 분신과도 같은 존재를 떠나보내는 장송곡이었다. 처음 그 대목을 번역할 때 갈비뼈를 짓누르는 통증에 가슴을 움켜쥐어야 했었다. 소설이란 무엇인가, 글이란 대관절 무엇인가를 그때처럼 진지하게 생각해 본 적이 없었다. 오르간 소리는 계속되고, 딸 아르테미시아는 초조하게 아버지 오라치오의 축복을 기다렸다. 아버지의 축복 속에 새로운 무대, 피렌체로 떠나 새 출발을 하고 싶었다. 그러나 아버지는 끝까지 딸을 축복할 수가 없었다. 하나의 상(象)으로, 하나의 이념으로, 자기 자신이자 자신이 품은 야망의 연장으로, 그림 그 자체로 만들고 싶었던 딸이었다. 그러나 정조를 잃은 딸, 미래가 가로막힌 딸을 아버지는 더 이상 붙잡아둘 수 없었다. 아버지는 탯줄을 끊듯 딸을 축복했다. 딸은 숙였던 고개를 들고 신랑의 팔짱을 끼고 산토 스피리토 인 사시아 예배당의 문턱을 넘었다. 그녀를 피렌체까지 데려다 줄 암노새의 안장주머니에는 데생 한 점이 들어 있었다. 새로운 무대, 메디치가(家)의 도시 피렌체가 그녀를 기다리고 있었다.

퇴근 시간이 가까워지면서 정동 길은 다시 활기를 찾았다. 정오와 다르게 연인들이 거리를 차지했다. 손을 맞잡거나 다정히 팔짱을 끼고 돌담길을 오가는 그들

속에서 R의 결혼, R의 4월을 곱씹었다. 우연의 일치인지 최승구를 보낸 것도 봄이고, 김우영과 결혼한 것도 봄, 4월이었다. 최승구와 사별 후 사 년, 홀로 남은 연인에게 봄·여름·가을·겨울이 네 번 지나가면, 사랑은 얼마만큼 지워지는가.

염상섭은 R을 주인공으로 해서 쓴 소설에서 R의 결혼은 예술을 위해 생활과 타협한 것이라고 규정했다. R은 타협은 했으되, "남이 알 수 없는 마음 한구석에 남은 상처의 자리가 아직 아물지 아니하였"다고 훗날 이혼 고백장에서 밝혔다.

정동 길을 빠져나오면서 박윤식에게 전화를 걸었다. 그는 오늘도 만나면 첫사랑 계집애 얘기를 할 것이었다. 그러거나 말거나 나는 남산 타워 꼭대기 회전 레스토랑에 앉아 봄꽃 져버린 서울의 야경을 내려다볼 것이었다. 남산으로 오르는 길, 백수웅이 보내온 「春夏秋冬」의 백 코러스가 걸음마다 따라붙었다. 춘하추동, 오고 오고, 우리는 새로운 세계로 나아간다네!

하夏

——해바라기를 따라가다

1

키 작은 해바라기 물결이 바다까지 이어졌다. 시디 플레이어에서 희미하게 음악이 흘러나오고 있었다. 백수웅이 도쿄에서 보내온 스테디 앤드 코의 「春夏秋冬」이었다.

계절은 흘러 흘러, 지나가버린 날들이여.

나는 이 주일째 「春夏秋冬」을 듣고 있었다. 주유하면서 소리를 줄였던 것이 서해대교에 들어서도록 그대로였다. 볼륨을 높였다.

만나고 헤어짐으로 또 다른 여행길을…….

대교에 진입하면서 검게 타버린 속을 내보이며 노랗

게 흔들리던 꽃물결이 뚝 끊겼다. 대교 중간쯤에서 핸들을 오른쪽으로 꺾었다. 행담도라는 조그마한 섬이 육지 깊숙이 들어온 바다 한가운데에 떠 있었다.

섬 휴게소에서 늦은 점심으로 우동을 먹으며 대천 시내 지도를 펼쳤다. 강시언은 서해안고속도로를 타고 대천 인터체인지까지 곧장 달려가기만 하면 된다고 말했다. 대천은 나에게 처음이나 다름없었다. 이십 년 전 작은어머니의 손을 잡고 산 아래 대숲에 안긴 빨간 지붕 집을 다녀갔던 기억이 희미하게 떠오를 뿐이었다. 대천 인터체인지에서 왼편은 해수욕장 가는 길, 오른편은 대천 보령 가는 길. 작은어머니의 유일한 혈육인 이종사촌 언니가 그 길 오른편 십 분 거리에 살고 있다고 했다.

휴게소에서 커피를 사 들고 건물 뒤편으로 돌아가자 고즈넉이 바다가 펼쳐져 있었다. 멀리 하늘과 물이 맞닿은 지점에 여객선과 어선들이 띄엄띄엄 늘어서 있었다. 그들은 마치 두 세계를 가르는 기준점이라도 되는 듯이, 아니 수증기도 아니고 바람도 아닌 광대한 공간을 떠받들고 있는 표지물처럼 움직임이 없었다.

M의 아내는 지금쯤 공항에 도착했을 것이었다. M은 어린 아들의 손을 잡고 아내가 나타날 문 앞에서 기다

리고 서 있거나 이미 아내와 얼굴을 마주하고 있을 것이었다. 그 사실이 나를 크게 괴롭히지는 않았다. 이런 내 마음이 오히려 M을 내 곁에 더 오래 붙잡아둔 것인지도 몰랐다.

"차라리 나를 괴롭혀, 아무 상관 없는 사람처럼 바라보지만 말구. 파렴치한이라고 날 비난하라구!" M의 울부짖음이 오래된 전설처럼 아스라이 고막을 두드렸다.

자동차는 어느덧 대천 해수욕장으로 접어들었다. 톨게이트를 빠져나와 우회전하리라던 생각은 온데간데없고 나는 딴생각에 실컷 붙잡혀 있었다. 작은어머니 손을 붙잡고 대천에 왔던 어린 날의 한 장면이 떠올라서는 고집스럽게 지워지지 않았다. 석양에 검게 반짝이던 물결들, 진흙과 모래가 어우러진 고즈넉한 개펄, 해송이 드문드문 서 있던 둔덕. 명치끝을 찌르며 목구멍까지 차오르던 알 수 없던 감정.

나는 분명 내가 가고 있는 이 길을 언젠가 한 번은 갔을 텐데, 도로 표지판이 아니었다면 이 길이 그 옛날 그 길이라고 알아보기는 불가능했다. 널찍하게 뻗은 도로 끝이 환하게 시야를 열었다. 본능적으로 나는 그쪽이 바다라는 것을 알았다. 애드벌룬이 두둥실 하늘 높이 떠가고, 오색 풍선이 가게마다 벽을 장식했다. 공용 주차장에 주차를 하고 솔숲 캠핑장을 가로질러 무작정 바다 쪽으로 걸어갔다. 갯내가 물씬 콧속으로 밀려들어 왔다. 텐트와 텐트를 비껴가면서 정체 모를 초조감에 휩싸였다. 그것은 차라리 애원 같은 것이었다. 애절한 설렘이라고 해야 할까. 바다와 마주치면 무엇인가가 나를 기다리고 있을 것만 같은 기대감. 그것이 무엇일까. 처음 바다를 찾아가는 심정이 그럴까.

솔숲에서 빠져나가 길을 건너 조금 걷자 느닷없이 물결치는 바다가 내 앞에 나타났다. 나도 모르게 가슴을 펴고 뜨거운 숨을 내쉬었다. 해수를 지나 둔덕의 해송까지 당도한 바람이 제법 시원했다. 온몸에 진흙 칠을 한 사람들이 바다에서 올라와 가면무도회를 하듯 둘씩 셋씩 어울려 내 앞을 지나갔다. 나는 샌들을 벗어 들고 바다로 걸어 내려갔다.

청년은 해를 등지고 걸어왔다. 그는 그곳의 해수욕객들과는 달리 붉은 티셔츠를 입고 있었다. 그는 나에게 걸어올 때마다 셔츠 앞섶에 금싸라기 같은 피라미들을 담아 왔다. 나는 쭈그리고 앉아 모래 웅덩이를 파다가 그의 그림자를 보고 손길을 멈추어 그를 올려다보았다. 나를 내려다보는 그의 얼굴이 아프리카 니그로처럼 검게 이글거렸다. 웅덩이는 벌써 수십 마리의 피라미들로 붐볐다. 그가 그런 식으로 물고기들을 잡아 온 것이 벌써 몇 번째인지 몰랐다. 나는 그가 내 웅덩이에 한 움큼씩 물고기들을 쏟아 부을 때는 나도 모르게 탄성을 질렀다. 그가 누구인지도 모른 채 단지 같은 시간, 같은 물결, 같은 해변에 있다는 이유로 남매처럼, 아니 연인처럼 말없이 뭔가를 함께할 수도 있었다.

환하게 웃으며 반기는 나와는 달리 그는 매번 몸에서 물을 뚝뚝 떨어뜨리며 물고기를 잡아 와 내 웅덩이에 넣고는 아무 말 없이 뒤돌아서서 파도치는 물속으로 묵묵히 걸어 들어갔다. 해수욕객들은 어른 아이 할 것 없이 오며 가며 내 웅덩이 속 물고기들을 구경하며 감탄했다. 나는 수족관을 지키는 여자처럼 더욱 웅덩이를 떠나지 못하고 물결과 함께 회오리쳐 떠밀려 오는 벌거벗은 아이들 틈에서 그물처럼 옷자락을 늘여 물고기 잡기에 몰두하는 청년을 이따금 바라보았다.

물결은 황금빛으로 빛났다가 검고 붉은 빛으로 일렁이더니 녹색 광선을 수면에 내두른 채 표표히 흔들렸다. 물결이 밀려오고, 멀어지고, 그의 그림자가 다가오고, 멀어지고 할 때마다 멀미증처럼 목구멍 속이 울렁거렸다. 아득히 해가 지고 있었다.

2

　궤는 반닫이 위에 곱다시 놓여 있었다. 김분이 할머니는 작은 생명체라도 되는 듯이 손바닥으로 조심스럽게 궤를 한번 쓰다듬었을 뿐이었다. 내가 궤를 열어보라고 권하자 김분이 할머니는 잠시 생각에 잠기더니 "그냥 두는 것이 좋겠네."라며 입술을 달싹이고는 이내 슬프고도 쓸쓸한 표정으로 가만히 고개를 끄덕였다. 나는 그 안에 무엇이 들어 있는지 궁금했는데, 무엇보다도 작은어머니가 평생 품고 살았을 의미심장한 물건이 들어 있을 것 같아 더 보고 싶었다. 필시 김분이 할머니는 그 안에 들어 있는 것이 무엇인지 알고 있는 듯했다.
　"다만, 잘 간직하려네. 저거이 임자는 내가 아닌 것 같으이. 내가 이 세상에 남아 있을 때까지만 맡아두고 그다음엔 자네가 맡기로 함세."
　엊그제 일흔네 번째 생신상을 받았다는 김분이 할머니는 작은어머니의 이종사촌 언니로 이 땅에 살고 있는 유일한 혈육이었다. 백발 초로임에도 김분이 할머니는 말씨와 자태가 작은어머니만큼이나 곱고 정갈했다. 김분이 할머니로부터 아버지와 작은어머니의 첫 만남을 듣게 될 줄은 꿈에도 생각지 못했다.

"갸 애비는 징용으로 일본에 끌려갔지. 처음엔 요코하마에서 부두 노동자로 일하다가 도쿄에서 빠징코업에 관계했다고 들었어. 갸 에미, 그러니까 내 이모님이 그 아이를 데리고 혼자라도 귀국하겠다는 것을 몇 년 벼르고 벼른 끝에 시모노세키에서 귀국선을 타고 부산으로 돌아오다가 그만 고기밥 신세가 되고 말았지. 관부 연락선을 탔으면 그런 꼴은 면했을 텐데……."

나는 김분이 할머니가 관부 여객선이 아니라 연락선이라고 한 것에 주목했다.

"그때는 도쿄에서 차표 한 장이면 부산이고 서울까지 갔지. 기차 타고 배 타는 게 차표 한 장이면 그만이었거든."

도쿄에서 표를 끊으면 서울까지. 그러니까 경부선 철도 건설과 관부 연락선은 곧 조선 식민 통치의 기반이자 대륙 침략을 위한 발판이었다. 당시 일본에서 관부 연락선이 해상 철도로 통칭된 저간의 사정이 거기에 있었다.

“그때 귀국선이라야 뜬구름 조각배나 다름없어서 풍
랑을 잘못 만났다가는 그 자리에서 나뭇잎처럼 뒤집혀
버렸어. 갸는 운이 좋아 일찍부터 총애하던 한국인 유
학생 화가 선생을 따라 달포 먼저 귀국해서 서울에 와
있었던 거구. 그림에 꽤 소질이 있었다고 해.”

열두 살 소녀는 하루하루 부산 앞바다에 나가 돌아
오지 않는 배를 기다렸고, 그때 마침 갓 결혼해 해운
회사에 취직한 내 아버지가 출장차 부산에 내려갔다가
부두에서 그 소녀를 애처롭게 보았던 것이다. 아버지는
의지가지없는 천애 고아였던 외로운 소녀를 수소문 끝
에 김분이 할머니에게 데려다 주었고, 일 년이면 한두
차례 물감이며 이젤을 사 들고 소녀를 찾아갔다. 이젤
을 앞에 둔 소녀는 그림을 그리기는커녕 하루하루 굶주
린 새끼 고양이처럼 애처롭고도 적대적으로 변했고, 발
작적으로 정신 분열증까지 일으켰다. 두려울 정도로 아
름답고 광포했던 소녀, 유키코. 그녀는 내 기억 속의
작은어머니가 아니라 지어낸 허구 속 인물 같았다.

눈을 감기 전 작은어머니가 이십 년 만에 나를 찾았
던 것은 아이러니하게도 바로 그 사연 많은 도쿄에 가
기 위한 신원 보증서 때문이었다. 나는 누구의 호적에
도 오른 적이 없이 이 세상에 홀로 적을 두었다 떠나간 작은어머니의 생애를 애처롭게 삭이며 할머니와 마주 앉아 있었다. 김분이 할머니는 고개를 돌려 궤를 바라볼 때마다 시름하듯 "유키코, 언니가 여기 있다. 울지 마라, 유키코." 하고 달래며 옷고름으로 눈물을 찍어냈다.

저녁을 먹고 가라고 붙잡는 것을 다른 볼일이 남았다고 둘러대고 아파트를 빠져나왔다. 어둑어둑해진 나무 밑에 서 있는 김분이 할머니가 백미러로 비쳐 보였다. 이따금 손을 들어 잘 가라고 흔드는 김분이 할머니의 앙증맞은 모습이 작은어머니를 보는 것 같아 나도 모르게 어깨를 흠칫 떨었다.

해수욕장 쪽은 석양이 진 뒤에도 신비로운 빛으로 감싸여 있었다. 여전히 팔뚝이며 정강이 목덜미에서 마른 모래 알갱이들이 잡혔다. 물고기를 잡아다 준 청년은 어디로 갔을까. 해변을 떠나와서도 나는 사막의 오아시스처럼 홀연히 내 앞에 나타났던 청년의 환각에 사로잡히곤 했다. 그는 아직도 해변에 남아 파도치는 검은 물결 속에 있을까. M이 있는 서울보다도 청년이 있을지도 모를 해수욕장 쪽으로 마음이 쏠렸다. 지금쯤 M은 어미를 다시 만난 아이로 인한 약간의 흥분과 그로부터 멀어진 나에 대한 죄의식에서 생겨난 어색한 거부감을 한 가슴에 동시에 품은 채 가족 간의 상봉연에 어정쩡하게 참석하고 있을 것이었다.

불꽃 하나가 폭탄의 위세로 해수욕장 쪽 밤하늘로 치솟아 올라서는 굉음을 내며 터졌다. 진흙 축제 피날레로 불꽃놀이가 시작된 모양이었다. 해수욕장으로 가는 길이 구경꾼들의 차량들로 꽉 메워져 있었다. 대천 인터체인지 진입로에 차를 세우고 차 문을 열고 밖으로 나왔다. 강시언에게 전화를 걸어야 했다. 강시언은 막 저녁 예배에 들어가려던 참이었다며 반갑게 전화를 받았다. 작은어머니가 남긴 마지막 물건인 궤의 주인을 수소문하느라 두 번이나 대천에 내려갔던 사실을 나는 어제 그에게서 궤를 전달받으면서 알았다.

"수고하셨습니다. 작은어머님께서 이제 온 마음으로 하느님을 섬기실 수 있을 것입니다."

강시언의 전화를 끊고 생각해 보니 작은어머니를 찾아뵌 지도 벌써 한 계절이 지나 있었다. 나는 서울로 올라가는 대로 서랍 속에 보관 중인 봉투를 처리할 생각이었다.

서랍 속 봉투는 지난봄 작은어머니의 유언으로 내게

온 것이었다. 서랍 안에는 M이 선물한 백금 목걸이와 실크 스카프, 금가락지 등이 들어 있었다. 가끔 서랍을 열어 목걸이를 꺼내고 넣을 때마다 봉투에 눈길이 머물렀지만 그것을 열어볼 엄두를 내지 못했다. 강시언으로부터 봉투를 전달받은 그날 우연하게도 M으로부터 생활비라는 노란 봉투를 받았었다. M의 얄팍한 노란 봉투와는 대조적으로 작은어머니의 봉투는 서류용으로 배가 두툼하게 나온 것이 보기만 해도 볼륨감이 느껴졌다. 내가 손을 못 대는 이유는 명확하게 설명될 수 없는 감정적인 것이었지만, 한 가지 확실한 것은 그것을 여는 순간 나는 마치 마법에 걸린 듯 오직 그것에 매여 적지 않은 시간을, 그보다는 마음을 빼앗길 것 같아서였다. 나는 가끔 뜻하지 않게 봉투들이 내 생활 속으로 비집고 들어와 중요한 틈을 차지하고 있는 이유를 골똘히 생각했다. 그러나 M의 노란 봉투는 이제 지난달부터 나에게 오지 않았다.

처음 노란 봉투를 받았을 때 나는 순수하게 기뻤다기보다는 나의 과장 섞인 기쁨의 감정에 놀라워했었다. 나에게 그런 가식이 잠재되어 있다는 것에 놀라워한 것인지도 몰랐다. 그러나 한 달이 지나고 두 달이 지나자 노란 봉투의 정체가, 그 부피가 내 자의식을, 좀 더 정확하게 짚어보면 내 최소한의 모럴을 자극했다.

노란 봉투에 담긴 돈의 액수는 형편없이 적었다. 그러나 내 마음에 담긴 노란 봉투의 무게는 맞지 않는 옷을 걸친 것처럼 몹시 불편하고 무거운 것이었다. 노란 봉투가 요술을 부린 것인지, 내가 노란 봉투를 거부한 날 M은 공교롭게도 아내의 귀국 소식을 알렸다. 아내가 불쑥 나타나 아이를 데리고 갈까 봐 밤이던 악몽에 시달린다는 그였다. 아내라는 말을 입에 올릴 때마다 M은 고통스러운 듯 두 글자를 끊어서 발음했다. 그래서 어떻게든 그 단어를 피해 보려는 그의 심정과는 달리 그 '아, 내'라는 말이 독특한 여운을 끌며 폐부 깊숙이 박혔다.

"나도 그렇지만, 아, 내는 나보다 더 세상 물정을 몰라서, 그게, 걱정인데……."

그는 아이를 포기할 각오를 하고 헤어질 결심을 할 때마다 자신 없는 목소리로 그렇게 말꼬리를 내리곤 했다. 그 소리를 들을 때면 난 천근 쇳덩이로 머리를 짓눌리는 듯한 엄청난 통증에 시달렸다.

"무엇보다 어떻게 될까 봐, 무슨 일을 저지를지, 자포자기로 자해할 수도 있고……."

마치 눈앞에 성큼성큼 다가오는 무서운 아내를 바라

보는 사람처럼 두 눈동자를 불안정하게 움직이며 겁에
질려 말하는 사내를 바라보는 것은 고통이다 못해 참을
수 없는 분노를 불러일으켰다.

"그러니까 나를 제발 놓아줘요, 나를 내버려두라구
요! 그 얄팍한 노란 봉투 따위로 나를 붙잡아두려고 하
지 말란 말이에요!"

내가 한마디만 더 내뱉었더라면 M은 하얗게 질려서
내 따귀를 때렸을지도 몰랐다. 나는 당신을 사랑하지
않아요!, 라고 외칠 뻔했다. 지긋지긋하다!, 고 제발
무연하고 싶다!, 고 퍼부으려고 했다. M은 '얄팍한' 이
라는 수사가 그의 마지막 자존심과 인내심을 무너트렸
는지 전처럼 고개를 떨구지도 않고 망연히 앉아 벽만
멀뚱히 바라보다가 앉아 있던 의자에서 조용히 일어섰
다. 뒤돌아서 걸어가는 그의 뒷모습이 다른 날처럼 축
늘어져 있지도 않았고, 걸음걸이도 흔들리지 않았다.
그가 걸어간 어둠 속에서 천둥이 치고 폭우가 쏟아졌다.

3

나는 어쩌자고 칠흑같이 어두운 밤 그 먼 곳까지 찾

아간 것일까. 전라남도 고흥군 고흥읍 남계리. 대천 인터체인지로 진입해서 만나는 상하행선 두 갈래 길에서 나는 짐짓 목포 쪽으로 들어서고 말았다. 그래 끝까지 가보자는 욕망이 가슴 맨 밑바닥에 도사리고 있었음을 나는 서해안고속도로 하행선을 달리는 내내 인정했다. 목포에 가면 고흥이 가까우리라.

『추도』를 써서 R의 파란 많은 생애와 죽음을 애도했던 염상섭은 R이 결혼한 직후 R의 동의를 얻어 R을 모델로 한 소설 「해바라기」를 동아일보에 연재했다. 그 소설은 1924년 동명의 책으로 발간되었는데, 염상섭은 삼십 년이 지나 R이 죽은 뒤에는 『신혼기』로 제목을 바꾸어 재출간했다. 염상섭이 『해바라기』를 『신혼기』로 제목을 바꾸고 결말을 고쳐 써야 했던 사정 속에 결혼 후 삼십 년간의 R의 파란 많은 인생 역정이 그대로 반영되어 있었다. 한 소설의 두 결말 사이에 한 여인의 뒤바뀐 말로가 가로놓여 있는 셈이었다.

1924년 『해바라기』 속의 R은 얼마나 당당했던가. 신랑 순택(현실의 김우영)을 자신의 옛사랑 무덤 앞에 이끌고 가 허수아비처럼 세워놓고 짐짓 미소 짓게 만들지 않았던가. "순택이는 다시 껄껄 웃어보고 싶었으나 쨍쨍한 볕에 비치어서 아지랑이같이 날아오르는 향로의 연기를 바라보며 잠자코 섰다."

그러나 1954년 숨이 끊어진 R은 어떤가. 허구 속 한 줄기 거뜬한 영혼으로 남았을 뿐이 아닌가. "홍수삼(현실의 최승구)의 살과 뼈가 시신도 없이 삭아버리고 최영희(현실의 R)의 몸이 이 세상에서 자취를 감추는 날에도 이 땅 위에 아직 남아 있을 것은 백지에 싼 이 궤일 것이다. 그러나 그것인들 천년을 가랴, 만년을 가랴마는 다만 수삼이에게 보낼 것은 다 보냈으니, 영희의 마음이 인제는 거뜬할 따름이다."

R의 이야기를 끝맺기 전에 고흥에는 한번 다녀올 생각이었다. 하행선으로 노선을 잘못 접어든 것이 차라리 잘 되었다 싶었다. 남계리 오리정 공동묘지는 초행길이기도 했지만 너무 많이 변해 버려서 찾을 길이 없을 것 같았다. 그러니 그 유명한 옛사랑의 비석 따위는, 더욱이 비석 아래 파묻어 놓았다는 백지에 싸인 궤 따위 행방이야 더 말해 무엇 할까.

일주일 후면 R의 이야기는 월드라이프의 박윤식에게 넘겨주기로 약속되어 있었다. 그러고 나서 R을 모델로 한 영화 시나리오를 써서 제작해 보기로 했다. 공동묘지의 비석 대신 최승구가 눈을 감은 고흥군청을 찾아갔다.

새벽 두 시, 4층짜리 군청 건물 전체가 불이 꺼진 채

가로등만이 텅 빈 주차장을 비추고 있었다. 군수 사택이 군청 오른편에 있었는지 왼편에 있었는지 가늠하기가 어려웠다.

군청 앞에 차를 세우고 오른편 옆으로 걸어갔다. 고흥수문(高興守門)이라는 현판이 걸린 기와를 얹은 붉은 문(赤門)이 오른쪽 담 끝을 지키고 있었다. 그 옆으로 좁은 골목이 나 있었다. 골목 안으로 주택이 들어서 있었다. 왼쪽으로 걸어가니 좀 더 넓은 골목이 펼쳐졌다. 군청 주차장인 모양이었다. 눈을 조금 붙일 겸 차를 끌고 주차장으로 들어섰다. 군청과 주차장 사이로 역시 좁은 골목이 나 있었고, 제법 길게 이어진 끝에는 산이 병풍처럼 낮게 둘러쳐져 있었다. 텅 빈 주차장에 차를 세우고, 등받이를 내려 몸을 길게 뻗었다. 사방이 고요했다.

R은 죽어가는 애인을 찾아 도쿄에서 바다 건너 서울로 서울에서 광주로, 또 갯내 나는 남도의 고흥 땅까지 눈물로 달려왔으나 하루 반나절도 머물지 못하고 총총히 사라져야 했었다. 그 길은 어디일까. 그리던 여인을 눈에 넣고서야 비로소 눈을 감았던 최승구가 차가운 주검으로 뒤따라 나간 길. 그 길은 어디일까.

나는 새벽별이 명멸하는 어두운 주차장에 앉아 그

길을 더듬고 있었다. 그 길에서 다시 최승구가 R에게
남겼을 마지막 말에 사로잡혔다. 그 말은 날이 새도록
공백으로 남았다.

"여기라구요?"

나는 내 귀를 의심했다. 주차장에 차를 세우고 출근
하는 늙수그레한 군청 직원을 붙잡고 군청 관사를 물으
면서도 나는 그가 관사의 내력을 알 리라고는 기대하지
않았었다. 아무튼 귀밑머리가 희끗희끗한 것으로 보아
군청에 오래 재직한 사람임에는 틀림없었다.

"네, 바로 여기가 옛 관사 자리입니다."

군청 직원은 밤새 내가 머물렀던 곳을 손가락으로
가리키고는 휘적휘적 군청 쪽으로 발걸음을 옮겼다. 나
는 순간적으로 그 사람이 최승구를 알지도 모른다는 생
각에 소리쳐 불러 세웠다.

"언제 허물었습니까?"

군청 직원은 뒤로 돌아서서 고개를 약간 기울인 채
나를 잠시 바라보더니,

"글쎄요, 한 십 년 되어가나?"

"저, 혹시 관사에 대해 더 아시는 게 있으신가요?"

"관사에 대해 무얼 말이요?"

“음, 옛날에 이곳에 살았던 최승칠 군수에 대해서요.”

“글쎄올시다.”

“그러면 R이라는 화가에 대해서는요……?”

“R이 누구요?”

최승구의 첫사랑을, 아니 여기, 형 최승칠의 관사에서 요양하다 숨을 거둔 R의 첫사랑 최승구를 어떻게 설명해야 좋을지 몰라 내가 머뭇거리는 사이 군청 직원이 돌아서며 말했다.

“아침 회의가 있는 날이라서 이만…… 그런데, R 누구라고 했소?”

나는 멀어지는 군청 직원을 닭 쫓던 개 모양 물끄러미 바라보다가 내가 발 딛고 서 있는 지점을 중심으로 주변을 둘러보기 시작했다. 마당에 향나무와 은행나무가 서 있는 현대식 기와집 두 채가 주차장 마당가를 담으로 두르며 서 있었다. 그 집들은 자못 단아하고 기품이 있어 보였다. 그 집들을 따라 관사의 분위기를 짐작해 볼 수 있었다.

오전 여덟 시가 조금 지나자 주차장으로 차들이 밀려들기 시작했다. 골목을 빠져나와 지도에서 보아둔 남계리 쪽으로 달렸다. 오리정 공동묘지를 찾아볼 작정이었다. 하지만 그 옛날 R도 김우영과 신혼여행지로 첫

사랑 최승구가 묻힌 오리정 공동묘지를 찾기 위해 군서기를 대동해야 했는데, 내가 찾을 리 만무했다. 남계리 일대를 빙빙 돌다가 15번 도로로 들어섰다. 도로 끝은 바다, 외나로도라는 섬의 봉래하반(下盤)이었다. 그곳 일출이 장관인 듯 눈에 닿는 곳마다 일출을 자랑하는 간판이 붙어 있었다.

“물고기는 어떻게 되었죠?”

우동 국물을 후루룩 마시다가 고개를 들어보니 낯선 남자가 앞에 서 있었다. 나는 뜨거운 국물을 삼키던 참에 너무 놀란 나머지 크게 사레에 들렸다. 연달아 내지른 재치기 탓에 눈물이 비어져 나와 손등으로 연신 눈물을 닦았다.

“놀라셨군요. 그럴 생각은 아니었는데…… 저, 모르시겠어요?”

그러고 보니 어제 해변에서 만난 청년이었다. 그는 옷차림새도 표정도 몰라보게 달라져 있었다. 다갈색으로 그을린 피부가 블루 계열의 스포티한 정장과 어울려 세련된 분위기마저 풍겼다. 그리고 무엇보다 어제의 무덤덤한 표정과는 달리 그는 나를 내려다보며 반갑게 웃고 있었다. 오후 두 시, 나는 어제의 옷차림 그대로 역시 어제 그를 만났던 시간에 그를 올려다보고 있었다. 외나로도에서 내나로도로 들어와 남계리, 벌교, 화순, 승주, 광주를 거쳐 고창 인터체인지로 해서 서해안고속 도로로 진입해 달리다가 어제 들렀던 서해대교 중간 행담도 휴게소에서 늦은 점심으로 우동을 먹던 참이었다.

"물고기는 바다에서 잘 살고 있겠죠?"

나는 그가 묻는 말에 대답하는 대신 물고기의 안부를 되레 그에게 물었다.

"글쎄요, 그러고 보니 제 물고기들이 걱정되는걸요. 제가 온 정력을 다 쏟아서 잡아다 드렸던 것인데……."

나는 낯선 사람과 농담을 즐기는 편이 아니어서 그가 친근하게 말하는 것이 오히려 거북하게 여겨졌다.

"저야말로 그 물고기들을 지키느라 몇 시간이고 꼼짝도 못했는걸요."

나는 우동 쟁반을 들고 자리에서 일어서며 그에게 쏘듯이 대꾸했다.

"아, 저에게 주십시오. 마침 빈손이니!"

그가 제법 민첩하게 내 손에서 우동 쟁반을 뺏어갔다. 나는 우동 쟁반을 반납하고 오는 그를 기다려야 할지 말아야 할지 망설이다가 엉거주춤 뒤돌아섰다. 그가 얼른 옆으로 다가와서 캔 커피를 내밀었다.

　"그렇군요. 그 물고기들 때문에 고생하셨군요. 바다 깊숙이 들어갔다 와 보니 안 계시더라구요? 어제 벌써 올라가셨는 줄 알았죠, 저는."

　그가 적극적으로 호감을 표하자 나는 반대로 없던 반감이 일기 시작했다. 어제 해변에서의 그의 모습은 두고두고 잊고 싶지 않을 만큼 인상적이었다. 어디에서 왔는지, 누구인지 모른다는 것이, 다시 만날 수 없다는 것이, 매번 물고기를 잡아다 주고 묵묵히 돌아서는 행위와 더불어 강렬한 매력을 던져주었었다. 나는 목소리가 잠기기도 했지만 크게 속은 것 같은 기분에 선뜻 입이 떨어지지 않았다. 후줄근한 옷은 말할 것도 없고 얼굴도 제대로 씻지 못한 내 행색이 남루하게 느껴졌고, 그런 내 모습을 다른 사람이 멀쩡히 바라보고 있는 것이 싫었다. 내가 대화를 피하며 피곤한 기색을 보이자 그가 머쓱해져서 변명조로 말했다.

　"저는…… 그냥 반가워서요."

　나는 발걸음을 빨리하여 그보다 한발 앞서 주차장으로 내려갔다. 그는 조금 뒤처져 자신의 차 쪽으로 가다가 갑자기 속도를 내어 내 차 있는 쪽으로 걸어왔다.

　"이것도 인연인데 제 이름이라도 알려드리고 싶습니다. 저는 이유항이라고 합니다."

나는 두 잔째의 양주를 비우면서 불을 끼얹은 듯 속이 확 타오르는 열기에 위기감을 느끼고 있었다. 재즈 바인지 제이즈 바인지 강 쪽으로 난 유리창에 푸른색 네온 글자가 지나가고 있었다. 그 밖은 까만 어둠뿐 강물은 보이지 않았다. 밤 열 시가 지나자 하나 둘 자리가 차기 시작했다.

“새신랑을 이끌고 옛사랑의 무덤을 찾아가는 여자! 어떻게 생각하세요?”

이유항은 줄곧 입을 다물고 있던 내가 갑자기 정색을 하고 묻자 입술에 대고 있던 양주잔을 내려놓고 잠깐 골똘히 생각했다.

“글쎄요, 보통 남자 같으면 받아들이기 곤란한 여자 같군요.”

나는 이유항이 말을 끝내기도 전에 곧바로 또 물었다.

“아니, 당신이 어떻게 생각하느냐고요, 실례지만!”

나는 취기에 기대어 크게 방심하고 있으면서도 간혹 가늘게 이를 부딪치며 깃털 달린 작은 짐승처럼 떨기도 했다.

“당신은 보통 남자가 아닌가요?”

내가 그의 얼굴 쪽으로 고개를 돌리며 냉소하듯 묻자 그는 나를 바라보지 않은 채 고개를 끄덕였다.

“보통…… 남자죠…… 저도.”

“그렇죠. 그래야 하죠, 당연히. 그렇지 않다면, 쑈겠죠. 쑈쑈쑈!”

나는 그의 대답이 만족스럽다는 듯이 흔쾌히 그의 잔에 내 잔을 부딪쳤다. 그는 약간 기분이 상한 것 같았으나 나는 대수롭게 여기지 않았다.

“글쎄요, 그렇다고 그게 쑈라고는 장담할 수 없겠네요. 상황을 잘 모르니까요.”

“쑈가 나쁘다는 것은 아닙니다. 쑈로 시작했으면, 쑈로 끝내야 한다는 거죠. 쑈로 시작해 놓고, 중간에, 이건 쑈가 아니다, 하고 내려가 버리면 여자는 혼자 어떡합니까!”

“가은 씨, 잘은 몰라도, 지금 많이 괴롭군요……?”

나는 느닷없이 내 앞에 나타나 물고기를 잡아다 주고, 느닷없이 휴게소에 나타나 미소를 짓고, 또 서해대교를 건너서부터는 전속력으로 내 차를 뒤따라온 이유항이라는 남자가 풀리지 않는 수수께끼처럼 난해하게 보였다.

“네, 괴로워요. 도대체 당신이 누구인지, 도대체 내가 누구인지, 도대체 R이 누구인지, 도대체 누가 누구인지…… 괴롭기만 해요.”

　이유항이 어떤 심정, 어떤 표정인지 헤아릴 겨를도 없이 나는 바 테이블에 고개를 푹 떨구었다. 이유항이 내 어깨를 흔들며 내 이름을 부르는 소리가 검은 해변을 철썩이는 먼 파도 소리처럼 귓전에 울렸다.

　"당신은 누구죠?"

　이유항은 일주일 만에 홍대 앞으로 나를 찾아와서는 말끝마다 놀리듯이 물었다. 나는 「R의 이야기」를 마지막으로 손보다가 그의 전화를 받고 집 근처에 있는 프레베르라는 일본인 찻집으로 나갔다. 그는 근처에 단골 술집이 있다고 소개해 주고 싶어 했으나 나는 프레베르에서 홍차나 커피를 마시고 일찍 일어설 생각이었다. 나는 아삼 홍차를 그는 화이트 와인을 시켰다.

　"그날 가은 씨가 나한테 몇 번이나 물었는지 알아요? 과장을 좀 하면 일백 번은 되었을 거예요. 당신은 누구죠?"

　나는 취중이었음을 빙자하여 변명하지도 부정하지도 않았다.

　"내가 평생 들어도 못 들을 질문을 그날 밤에 다 들은 거 알아요?"

　이유항이 항의하듯이 살짝 눈을 흘겼고, 나는 미간

을 살짝 찌푸렸다.

"그래서 대답은 하셨나요?"

내 물음에 그는 허를 찔린 듯 헉, 하고 웃더니 어깨를 으쓱했다.

"못했죠, 당연히. 저도 제가 누구인지 모르니까요, 정확히."

그는 농담조로 시작해서 자못 진지해졌다.

"보기보다 가은 씨 참, 짓궂던데요, 집요하기도 하고요."

그가 양주 마시듯 와인을 한 모금 꿀꺽 들이켜고는 조금 독했는지 위아래 이를 가볍게 딱딱 맞부딪쳤다.

"그러니까 누가 따라오라고 했어요? 그때 나는……."

그때 나는 사실 극도로 피곤한 상태였지만 누구라도 붙잡고 얘기를 하고 싶었다. 주차장으로 변한 옛 관사 터에서 밤을 지새우고 고흥군 남계리 오리정 최승구의 묘를 찾아 헤맸던 것이 R 때문이 아니라 나를 위한 것이었다는 것, M과의 결별을 그런 식으로라도 치러야 했다는 것이 나를 궁지로 몰아붙였다. 불쾌했고, 어쩔 수 없이 외로웠다. 행담도 휴게소에서 이유항과 맞닥뜨리는 순간 캄캄하던 머릿속에서 알전등이 켜지듯 불빛이 터져 아찔했던 것도 사실이었다. 그래서 그와의 해

후상봉이 극도로 두려웠던 것이다. 이유항이 끈질기게 따라오지 않았다면 나는 박윤식을 불러내었을 것이다. 아니면 강시언한테, 작은어머니한테 달려갔을 것이다.

"그때 아니면 안 될 것 같았어요. 그때 놓치면 영영 못 만날 것 같았던 거죠."

마치 오래된 연인처럼 나를 대하는 이유항이 무척 이상했지만 낯설거나 싫지는 않았다. 이유항이 자꾸 놀리기도 했지만 정말 그가 누구인지 다시 묻고 싶었다. 그는 스물아홉 살의 미혼남으로 직업은 변호사, 로펌 입사 일 년 차라고 했다. 중학교 과정을 프랑스에서 마쳤다. 그가 자진하여 간략하게 밝힌 신상 내역이 그랬다.

"왜 다시 만나야 하는데요, 우리가?"

나는 진실로 알고 싶었다. M과 만나게 된 것도, M과 헤어지게 된 것도, 그의 대답 속에 해답이 들어 있기라도 한 것처럼 나는 그를 재촉했다.

"만날 수밖에 없기 때문에, 만나고야 말았기 때문에…… 그렇죠, 당신과."

이번에는 내가 말없이 웃었다. 그의 대답은 내가 M과 헤어질 수밖에 없기 때문에, 헤어지고야 말았기 때문에……, 로 들렸다.

"제가 뭔데요? 당신에게?"

나는 찻집 주인인 아키코를 손으로 부르며 그에게
물었다.

"당신 같은 여자 처음 봤어요."

그가 내 눈을 바라봤고, 나는 아키코가 내 찻잔에
차를 가득 부을 때까지 잠자코 그 눈을 피하지 않았다.
평소 M과 차를 마시러 오면 나에게 이것저것 다정하게
말을 걸어오던 아키코는 그와 나의 대화를 방해하지 않
기 위해 얼른 제자리로 돌아갔다. 새로운 사람을 데리
고 와서는 반드시 아키코에게 소개를 시키곤 했는데,
이유항만은 아키코가 여러 차례 내 테이블을 오가도록
소개하는 것을 잊고 있었다. 아키코가 제자리로 돌아가
고 나서도 나를 지그시 바라보고 있는 것이 느껴져서야
나는 그 사실을 깨달으며 이유항이 앉은 자리에 언제나
M이 있었다는 것을 새삼 확인했다.

이유항은 M과는 달리 프레베르와 아키코를 매우 마
음에 들어 했다. 언제나 두건을 두르고 있는 사십 대
후반의 아키코에게서는 일본 여인 특유의 귀기가 흘렀
다. M은 그런 아키코의 분위기를 좋아하지 않았다. 이
유항은 나에게 말을 하다가도 아키코와 눈이 마주치면

가볍게 고개를 숙이며 씽긋 웃기까지 했다. 그리고 그는 M과는 달리 매우 활달하고 수다스럽지는 않지만 대화를 즐기는 성격인 듯했다. 처음 나를 만날 때 M도 그랬던가? 이유항과 앉아 있을수록 더욱 선명히 M을 떠올렸다.

"나는 그날 물고기를 잡았죠. 그런데 물고기를 잡으려고 잡은 것이 아니었어요. 해변을 걸어가고 있는데 물놀이를 하던 해수욕객들 중 누군가 물고기가 있다고 소리쳤어요. 나는 옷을 입은 채 물속으로 뛰어 들어가 물속을 들여다봤죠. 흐릿한 물속에 자잘한 물고기들이 눈에 잡혔어요. 옛날에 아버지랑 물고기 잡던 생각이 났던 거죠. 아버지는 낚시광이었거든요. 나는 그 아버지에 지지 않는 낚시 소년이었구요. 물고기를 잡아본 것이 몇 해 만인지 나도 모르게 낚시벽이 도졌어요. 옷자락을 벌려 고기들을 몰아넣었죠. 내가 생각해도 많은 물고기들이 내 옷섶에 걸려들었어요. 그것들은 곧 죽을 것처럼 파닥였죠. 사람들이 몰려들었어요. 물고기다! 하면서요. 따지고 보면 별것 아닌데, 다들 파닥이는 물고기를 구경하느라 바빴죠. 그다지 신기할 것도 없는 것이었는데, 나는 졸지에 사람들에게 둘러싸였어요. 그때 당신이 그들 무리를 헤치고 내 앞에 섰던 거죠. 그러고는 물고기들을 살린 거죠."

나는 마치 그러려고 그곳에 있었던 것처럼 열 손가락을 모래밭에 꽂아서는 웅덩이를 파기 시작했었다. 곧물이 고였고, 그의 옷자락에 붙어 파닥거리던 물고기들이 모래 웅덩이 속에서 생기롭게 꼬리를 흔들었다.

"나는 홀린 듯이 자꾸 물고기를 잡을 수밖에 없었어요. 당신에게 가져다주기 위해, 당신에게 가기 위해……."

나는 그를 앞에 두고도 해를 등지고 묵묵히 걸어왔다 돌아서서 걸어가던 해변의 남자를 딴사람처럼 떠올리고 있었다.

"바다 깊숙이 들어갔던 것은, 헤엄을 치기 위해서가 아니라 더 큰 놈을 잡기 위해서였죠, 당신을 기쁘게 하기 위해서. 그사이 당신이 가는 줄도 모르고……."

나는 내 앞에서 그가 하고 있는 말이 사실 같지가 않았다.

"내가 학꽁치란 놈을 잡아 손바닥에 담아 당신에게 가 펼쳐줬죠."

아, 학꽁치! 나는 그날 이후, 지금껏 갓꽁치로 알고 있었던 것을 '학꽁치'로 제대로 들었다. 그때 그가 손을 펼쳐 보이자 나는 매번 잡아 온 물고기들이 그의 손바닥 안에 있는 줄 알고 얼른 받으려다가 기함을 토했다. 실지렁이 같은 것이 꼬무락거리고 있었던 것이다.

"아, 기억나요. 내가 너무 크게 놀라서인지 당신은 손바닥에 축 늘어진 그 가느다란 생명체를 보고 나무라듯 말했죠. 이놈은 성질이 급해서 이렇게 잡히면 죽어버려요, 라고."

나는 죽지 않았을 거라고 웅덩이에 그 물고기를 넣게 했다. 그는 화난 듯 퉁명스럽게 말했는데, 나는 그의 그런 말투에 마치 심통 난 아이 달래듯 일부러 물고기 이름이 뭐냐고 물으며 기분을 풀어주려고 했다. 파도 소리 때문인지, 해수욕객들의 즐거운 비명 때문인지 그의 목소리가 귀에 얼른 들어오지 않았다. 나는 재차 물었고, 그의 목소리는 여전히 크지 않아서 나는 혼잣말로 "갓꽁치라고요?" 하고 묻고는 몸길이만큼이나 긴 입으로 옆으로 퍼져서는 얇디얇은 부레를 달싹이는 물고기와 그를 번갈아 보며 주술을 걸듯 중얼거렸다. "죽지 않을 거예요. 갓꽁치라고 했죠? 이 봐요. 움직이기 시작하잖아요." 학꽁치가 몸의 균형을 잡고 부드럽게 물속을 가르자 먼저 자리를 잡은 수십 마리의 피라미들은 학꽁치를 피해 이리 쏠리고 저리 쏠려 다녔다.

"내가 갓꽁치냐고 여러 번 물었는데, 왜 학꽁치라고

고쳐 말해 주지 않았죠?"

그는 학꽁치가 살아나는 것을 보고는 아무 말 없이 돌아서서 물속으로 들어갔었다. 그러고 나서 나는 그를 보지 못했다.

"당신을 똑바로 바라보고 말할 수가 없었어요. 나도 모를 일이었죠. 그런 감정."

그런 그의 반응이 그의 성격인 줄 알았다. 웅덩이의 물고기들도 왠지 석연찮은 기분이었지만 해는 이미 물 가까이 내려와 있었다.

"당신 모습이 보이지 않았을 때, 얼마나 찾아 헤맸는지……. 당신은 모르죠? 밤이 새도록 당신이 만들었던 모래 웅덩이를 맴돌았던 것을. 그때 마음먹었어요. 당신을 다시 만나면 절대로 놓치지 않을 거라고……."

4

빌딩과 빌딩들 사이로 해가 지고 있었다. 여름도 이제 얼마 남지 않았다. 이유항의 사무실 가까이 와보기는 처음이었다. 곽진과 압구정동의 인데코화랑에 갔다가 그의 전화를 받았다. 그는 오늘 전달할 것이 있으니 자신의 회사 근처인 포스코 빌딩 스카이라운지로 와줄 것을 부탁했다. 그런데 자리를 잡고 앉자마자 다시 전화가 걸려 왔다. 그는 삼십 분 정도 늦을 것 같다고 양해를 구했다. 연녹색의 투명한 유리를 통해 내다보이는 서울은 아무리 봐도 낯선 풍경이었다. 강을 하나 사이에 두고 있을 뿐인데도 첨단 IT 산업 일번지 테헤란로에 있는 이유항의 강남 구역과 록카페와 화방들과 벼룩시장 거리인 홍대 앞의 내 구역은 영 딴 세계였다.

"그런데 말이지, 난 솔직히 R에 대해 상당히 비판적인 입장이야."

곽진은 조금 전까지만 해도 포스코 센터 광장에 설치된 프랭크 스텔라의 조형물 「아마벨」을 두고 흉측한 고철 덩어리라느니, 예측 불허인 현대인의 일그러진 심리를 정확히 표현한 것이라느니 계속되는 논란의 찬반 시각을 나름대로 분석해 내더니 돌연 R 이야기를 꺼냈다.

"부정적인 시각이 없진 않지. 아니 저 문제의 「아마벨」에 쏟아진 악평만큼이나 많았지."

나는 곽진의 말에 대꾸를 하면서도 창밖으로 내려다보이는 근처 빌딩들의 아웃테리어와 스카이라인을 감상하고 있었다. 그러면서도 머릿속 한 켠에는 각각 아프리카와 도쿄로 떠난 M과 박윤식 생각을 놓지 않고 있었다. 박윤식은 「한국여성백년사」와 더불어 「R의 이야기」를 동시 작업하느라 수원으로 도쿄로 출장 다니기 바빴고, M은 신문사의 인간·환경 시리즈로 기획된 아프리카 탄자니아의 야생동물 보호구역 세렝게티에서 장기 취재 중이었다. 「R의 이야기」 작업에 들어가던 초기 박윤식이 했던 말이 불쑥 떠올랐다.

"그렇기 때문에 R의 이야기가 필요한 거라구! 바로 악평의 근원을 찾아가자는 것이지! 그리고 바로 이해하자는 것이지. 여기 한 여자가 있다, 이렇게 던지면서 말이야."

박윤식이 '여기, 한 여자가 있다.'를 첫 문장이자 마지막 문장으로 하자는 것을 '여기, 한 인간이 있다.'로 고집스럽게 컨셉트를 바꾸긴 했지만, 결과는 깨어진 항아리를 시늉으로만 아슬아슬하게 봉해 놓는 것처럼 아쉬움이 많았다.

"그 여자 말이야. 식민지의 부잣집 딸로 교육이고 남성 교유고 누릴 것은 다 누린 친시대적인 영악한 인물 아냐?"

곽진의 말은 R에게 불쾌감보다 더한 가증스러움을 느끼고 있는 것이 아닌가 싶을 정도로 격하게 들렸다.

"R이 살았던 시대의 특수성을 고려할 때 그렇게 한 쪽으로만 몰아붙여선 안 된다고 봐."

나는 R의 인생을 폄훼하거나 옹호할 생각은 조금도 없었다. 나는 「R의 이야기」를 착수한 이래 줄곧 R에 관한 한 객관적인 시각을 유지하려고 애써왔다.

"거의 반평생 이광수를 연구한 어느 문학사가의 지적처럼 R과 R의 시대가 있었던 거지."

그 말은 결과를 미처 헤아리지 못한 듯한 R의 거침없는 행동들에 맞닥뜨렸을 때 내가 주로 가서 기대는 화두였다.

"R과 R의 시대라는 명제는 그렇다 치고, 파리에서 최린과 벌인 애정 행각은 무슨 명목으로 면죄부를 줘야 하지? 그건 지금이나 그때나 다른 문제가 아니라구!"

곽진의 입에서 거침없이 쏟아져 나오는 불륜, 애정 행각이라는 용어가 나를 향한 비난인 듯 귀에 거슬렸다.

R과 최린. R의 세 번째 사랑, 아니 두 번째 사랑이라고 할 수 있는 이 최린이라는 인물 앞에서 나 역시 도무지 할 말을 잃었던 게 사실이었다. 결혼과 뜻하지 않은 임신, 작품 활동의 시간과 기회가 점점 줄어들 것이라는 불안감에서 임신한 몸으로 감행한 두 달간의 도쿄행, 그리고 돌아와 만삭의 몸으로 개최한 첫 번째 전

시회. 그리고 일본국 외무성 관리인 남편의 부임지인 만주로의 장기 이주, 그럼에도 불구하고 왕성한 작품 생산과 거듭된 선전(조선미술전람회) 입선. 세 아이의 어머니로서, 화가와 작가로서, 또 외교관 남편의 아내로서 R의 활약은 눈부신 것이었다. 최린을 만나게 되는 길이자 불행의 두 번째 단초가 되는 구미 여행길에 오른 1927년 R의 인생은 청춘기의 사랑의 상실과 그에 따른 방황에서 벗어나 삶과 예술이 성하(盛夏)의 신록처럼 세상 속으로 무성히 뻗어가던 중이었다. 최린을 만난 것은 R의 나이 서른셋, 뜨거운 여름 햇살이 단 과육에 깃들 듯이 여성의 몸과 정신이 무르익을 대로 무르익는 시기였다. 그렇다면 그 상대인 최린은 어떤가. 3·1 독립선언 33인의 한 사람이자 민족 지도자로 알려진 그는 정치가로서나 종교 지도자로 존경받는 반열에 오른 인물이지만 쉰 살의 나이라면 당시로서는 중늙은이였다.

"기승스럽고 물불 안 가리는 성격의 R은 예술가라서 그렇다 치고 최린이라는 그 작자도 정말 못 말리는 기회주의자요 요령부득의 인간 아니야? 그런 인물이 난세의 민족 지도자라니 정말 한없이 수치스러운 일이야."

놀랍게도 곽진은 R과 그 주변 인물들을 소상히 꿰뚫

고 있었다. 최린은 당시 천도교령으로 유럽 시찰 중에 파리에 들러 이종우를 비롯, 유학생 몇이 이종우의 거처에서 마련한 환영 만찬에 참석했고, 그 자리에 R이 있었다. R은 만주 임기가 끝난 김우영에게 일본 외무성에서 베푼 포상으로 구미 여행길에 함께 올라 파리에 체류 중이었다. 젖먹이 어린애까지 아이 셋을 일흔을 바라보는 시모에게 맡기고 화가로서의 연마를 위해 동경해 마지않던 파리 유학의 꿈을 실현하고 있었던 것이다. 곧 김우영은 베를린으로 떠날 것이었고, 그녀는 예술가로서 절대적인 자유를 얻기 위해, 그리하여 타고난 본성에 충실하게 '어린애가 되고 처녀가 되고 사람이 되고 예술가가 되고자' 그동안 얽매였던 형식의 탈을 훌훌 벗어던질 만반의 준비가 되어 있었다.

"선배가 이렇게나 R에 정통한 줄, 아니 이렇게도 R에게 부정적인 줄 몰랐어."

이유항이 입구로 들어오는 것을 보고 내가 대화를 정리하려고 하자 곽진도 이유항을 알아보면서 속삭이듯 서둘러 마무리를 지었다.

"난 화가야. 그렇지만 물감에만 만족하는 화가는 아니라구. 이제야 밝히지만 대학원 미술사 과정을 기웃거릴 때 석사 논문으로 R을 쓰려다가 말았거든. 한국 최초의 여성 서양화가. 여성 화가라면 누구나 한 번쯤 접근해 보고 싶은 대상이잖아. 연애도 가정도 파탄 난 뒤에 R이 한 선언이 뭔지 알지? '비난을 받을지언정 예술가의 길을 가겠다!' 그 대목에서 최린과 함께 내팽개쳤던 R을 다시 붙들었었지. 결국 끝을 보진 못했지만!"

아내의 분방한 예술가적 기질을 완전히 이해하지는 못했지만 후원만은 아끼지 않았던 남편. 가슴에 열정이라는 화약을 안고 홀로 남은 아내. 남편은 전부터 형제의 정을 나누어온 최린을 믿고 아내를 파리에 남긴 채 자신의 전공을 위해 베를린으로 떠났다. 그리고 한여름 불꽃같은 사랑이 기다렸다는 듯이 둘 사이에 타올랐다.

"나와 파리 안 갈래요?"

이유항은 선 채로 곽진과 인사를 마치고는 내 옆 의자에 앉으면서 뜬금없이 나에게 물었다.

"나에게 전할 게 있다고 해서 이렇게 와서 기다렸는데, 그러면 그게⋯⋯."

내가 어리둥절한 표정으로 묻자 그가 가볍게 고개를 저으며 말했다.

"아, 그건 이 영화 시사회 티켓이구요. 두 분이 오늘 가시면 좋을 것 같네요. 저는 야근을 해야 해서요."

곽진이 탁자에 놓은 티켓을 집어 들었다. 페드로 알모도바르 감독의 「그녀에게」라는 영화였다.

"저, 열흘 뒤에 파리에 가요. 일주일 동안 출장 겸 휴가죠. 가은 씨에게 전화할 때는 결정이 안 났었고, 지금 막 나오다가 확인한 거예요."

"이유항 씨 권역이 파리까지 미치나 보군?"

곽진이 농담 삼아 물었다.

"아, 파리에 체류 중인 한국인 애니메이션 작가의 저작권 소송 의뢰가 들어왔거든요. 왜 요즘 장안의 지가를 올리고 있는 톱셀러 만화 『따따씨, 쿵쿵씨』 있잖아요. 바로 그 작가를 만나야 해요. 파리의 한 출판사가 표절 의혹을 제기했거든요. 딱히 파리까지 갈 필요는 없는 사안인데 파리에 있는 친구들도 만날 겸 숨 좀 돌리려구요. 일 년 동안 제대로 쉬어본 적이 없었거든요. 가은 씨, 일전에 파리에 한번 다녀와야 한다고 했잖아요. R이던가요? 그 여성 화가 일로요."

나는 파리에 다녀오면 좋기야 하겠지만, 그렇다고 반드시 갈 필요는 없었다. 그리고 그때는 박윤식이 R의 파리 시절을 취재할 경우 함께 가자는 제의가 있어서 그렇게 말했던 것이었다.

"글쎄요, 지금 마무리해야 할 일도 있고 또……."

또 나는 아직도 M을 온전히 떠나보내지 못한 상태
였다. 마음 한구석이 늘 휑 비어 있는 듯했고, 그 자리
는 바로 M이 있던 자리였다. 나는 밤이면 잠을 못 이
루고 일어나 앉아 M이 보낸 '나는 떠난다'는 문자 메
시지를 열어 보곤 했다. 그 메시지는 내가 지난 1월 말
도 없이 도쿄로 떠나며 그에게 보냈던 메일 메시지였
다. 그때 M이 나를 기다렸듯이 나도 M을 기다려줘야
할 것 같았다. 그러나 그것은 한밤중의 불면이 가져온
수십 갈래 번뇌 중의 한 마음이었다. 밤의 마음과는 달
리 낮의 현실은 M으로부터 아주 멀어져 있는 것이 사
실이었다.

"아니에요, 앤 파리에 가야 해요, 왠고 하니!"

내가 딱히 가지 않아야 할 중요한 이유를 찾지 못하
고 말꼬리를 흐리자 평소 우유부단하고 소심한 성격의
M을 몹시 못마땅하게 여기고 있던 곽진이 나서서 나의
파리행을 적극 부추겼다.

"지금 하고 있는 일은 파리 가기 전에, 아니 파리 다
녀와서 해도 충분하고, 그렇지? 그리고 영상자료원을
들락거리는 것보다 파리를 돌아보고 오는 것이 훨씬 작
업에 효과적일 거야. 1920년대나 지금이나 파리는 변한
게 별로 없을 테니까. 안 그래요?"

이유항은 비로소 마음을 알아주는 강력한 후원자를 만났다는 듯 흡족한 표정을 지으며 곽진과 눈맞춤을 하고는 자리에서 일어났다.

"물론 그렇죠. 그럼, 전 가은 씨가 함께 가는 걸로 알고 이만 물러날게요. 바로 클라이언트와 미팅이 있거든요. 두 분 오늘 밤 영화 구경 꼭 하시구요."

나는 엉거주춤 자리에서 일어나 목례를 했고, 곽진은 화장실에 다녀온다며 이유항을 따라 나갔다. 마른 듯한 뒷모습 때문인지 곽진의 오통통한 체구 때문인지 이유항의 키가 훌쩍 커 보였다. 나는 이유항이 앉았다 간 의자를 물끄러미 바라보며 한 달 전 해변에서 만난 물고기 남자를 떠올리고 있었다.

프레베르 앞 플라타너스 나무들은 벌써 여름과 작별을 고하고 있었다. 석양 무렵이면 넓은 플라타너스 잎사귀들이 노란 빛을 엷게 내보였고, 길을 지나다 보면 간간이 프레베르 문 앞에 나와 플라타너스 잎사귀들을 줍는 아키코의 모습이 보였다. 그녀의 꿈은 인공의 도시가 아닌 푸른 초원에 가 사는 것이었다. 초록의 초원을 뜻하는 프레베르란 프랑스어 이름도 그래서 붙였다고 했다.

박윤식은 「R의 이야기」 촬영을 끝내고 편집 중이었고, 그를 통해 간간히 M의 소식을 들었다. 그의 말에 따르면 M은 아직 아프리카에서 돌아오지 않고 있었고, 그의 아내는 시모와의 불화로 친정에 머물며 취직하려고 애쓰고 있다고 했다. 가끔 심야에 핸드폰 벨이 울려 받으면 끊겼고, 알 수 없는 숫자가 액정 화면에 꽉 채워져 있었다. 여의도에 살고 있는 이유항은 이삼 일에 한 번은 짧게라도 반드시 프레베르를 찾았고, 나는 언제나 뜨거운 홍차를 그는 언제나 상큼한 화이트 와인을 마셨다. 그는 내가 늦거나 다른 곳에 가 있어서 프레베르에 들르지 못할 때에는 아키코와 말동무를 하며 시간을 보내다 가기도 했다.

이유항을 만난 지도 한 달이 되었다. 그러나 그와의 관계는 좀처럼 좁혀지지 않았다. 그가 나와의 파리행을 감행하는 이유가 거기에 있는지도 모른다는 생각이 들었다. 나는 딱히 이유항의 제의를 거절할 이유가 없었다. 그렇다고 수동적으로 그의 호의를 받아들이고 앉아 있을 수만은 없었다. 차라리 M이 돌아와 주기를, 내가 떠나기 전에 그가 와서 나를 붙잡아주기를 바라기도 했다. 그러나 그런다고 M과 나 사이에 달라질 것은 없었다. 나는 이러지도 저러지도 못하는 어정쩡한 상태에서 소설 프리다의 번역을 마치고 서둘러 퇴고를 했고, R을 모델로 한 시나리오 구상에 매달렸다.

사실 한 인물의 다큐멘터리 원고는 웬만한 구성력만 갖추면 누구든 쓸 수 있었다. 그러나 시나리오를 쓰려고 결심을 하고 나니 장난 삼아 투고해서 상을 받았을 때에는 자각하지 못했던 원론적인 문제가 나를 괴롭혔다. 다큐멘터리의 첫 문장 '여기 한 인간이 있다.'를 영화의 첫 멘트로 쓰고 싶지는 않았다. 처음부터 R과 비교 대상이었던 서양 최초의 여성 화가 아르테미시아 젠틸레스키를 모델로 한 영화 「아르테미시아」의 비디오 테이프를 여하연의 도움으로 파리에서 입수해 밤이면 밤마다 돌려보았다. 시나리오 구상을 위해 파리까지 가는 마당에 나는 R의 영화 대본을 적어도 아르테미시아 젠틸레스키의 그것과 맞먹는 수준으로 써내야 할 것이었다. 그것은 시나리오 작업을 새롭게 시작하는 의미로 도전해 보고 싶은 유혹도 없지 않았지만, 뜻대로 풀리지 않을 경우 언제까지고 헤어 나올 수 없는 고통의 무덤을 스스로 파는 일이기도 했다.

아르테미시아 젠틸레스키의 그림들과 R의 그림들을 한 장 한 장 넘기며 이유항과 파리, 그리고 시나리오 작업과 파리라는 새로운 상황을 놓고 생각에 잠겨 있는

데, 핸드폰에 파란 불이 켜지면서 문자 메시지가 들어
왔다. '안녕하세요. 오현수입니다. 한번 만났으면 합니
다.' 오현수라는 이름은 내가 전혀 알지 못하는 생경한
이름이었다. 나는 잘못 온 문자 메시지려니 하고 삭제
하려다가 깜짝 놀랐다. 오현수는 바로 M의 아내 이름
이었다.

추秋
—파리의 하늘 밑

1

그 남자는 여덟 시간째 거기, 소르본 광장의 노천카페에 앉아 있었다. 한눈에 그는 아랍인으로 보였다. 학생 같지는 않았고, 여행자 같지도 않았다. 테이블을 두어 칸 옮겼을 뿐 그 남자는 내가 호텔을 나서던 오전 열 시에 본 모습과 표정 그대로 테이블 위에 커피 한 잔을 올려놓은 채 신문을 펼쳐 들고 있었다. 열 시의 그 노천카페에는 테이블과 의자를 정렬하는 가르송과 아랍인 남자 외에 아무도 없었다. 카페 앞 광장 분수에서는 막 물줄기가 뿜어 오르기 시작하고 있었다. 그리고 하루해가 고스란히 분수의 물줄기를 비추고 지나간 열 시간 후, 카페의 가르송과 아랍인 남자는 여전히 한 사람은 움직임 없이 신문을 읽고, 다른 한 사람은 테이블 사이를 바쁘게 오가는 한편 광장과 카페에는 빈 자리가 없었다.

나는 소르본 대학과 그 예배당 돔을 올려다보며 광장 분수가에 걸터앉았다. 겹겹이 어둠을 두르며 푸른 하늘이 파리의 지붕들 위에 펼쳐져 있었다. 파리에 도착한 지 사흘째, 처음으로 맑게 갠 파란 하늘을 보았었다. 카페에 앉아 있는 그 아랍인 남자처럼 나 역시 아침부터 어둠이 내릴 때까지 몽파르나스의 노천카페들을 전전하며 시간을 보낸 뒤, 시내 지도를 따라 이 길 저 길 걸어 거기까지 온 것이었다.

어두워지는 도시, 어두워지는 지붕과 벽, 그리고 골목길. 나는 내가 묵고 있는 호텔의 환한 입구를 바라보다가 나도 모르게 고개를 아랍인 남자 쪽으로 돌렸다. 그는 신문을 거두고 방금 전의 내가 그랬듯이 소르본 대학 쪽의 하늘을 정면으로 바라보고 있었다. 그의 얼굴은 심각하다기보다 매우 의지적으로 보였다. 나는 그 표정의 의미를 잘 알고 있었다. 그는 턱에서 우두둑 소리가 나도록 입을 앙다문 채 오직 한 가지 상념에 빠져 있었을 것이다. M이 늘 그랬었다. 아랍인 남자의 표정에서 M을 느끼는 것은 미세한 기쁨이자 고통이었다.

나는 소르본 골목과 광장을 향해 난 호텔 3층의 내 방 창문을 올려다보았다. 셀렉트 호텔 301호. 날이 저물었지만 시간은 아직 일러 불이 켜진 창이 없었다. 파리에 도착한 첫날 나는 바로 이곳 광장에 앉아 오직 한 가지 생각으로 호텔의 창들을 올려다보며 새벽을 맞았다. 어느 방, 어느 창에 R이 있었을까.

배웅차 공항에 나갔다가 뜻밖에 이유항으로부터 파리 셀렉트 호텔에 대해 들었었다. 그전까지 나는 파리에 갈 생각이 아니었다. 가더라도 이유항과는 가지 않을 것이었다. 파리 동행 제의를 거절하자 이유항은 잠시 서운한 마음을 표시할 뿐, 특유의 낙천적인 웃음으로 난처해하는 내 기분을 풀어주었다. 대신 공항까지 함께 가달라고 응석 부리듯 제의했다. 이유항은 성격이나 태도에서 M과는 달라도 너무 달랐다. 모든 면에서 M의 침울함과 소심함에 길들여져 있던 나는 이유항의 방식, 그러니까 응석이면서 자신감, 그리고 낙천적인 여유와 유머 앞에 등을 돌릴 수 없었다.

"아, 셀렉트 호텔이군요……."

「R의 이야기」 작업 초기 박윤식을 통해 청년 시절

R의 일생을 접한 이래 오십 년 가까이 R에 관한 자료
를 수집하고 관리해 온 수원의 R 기념사업회 유동준 회
장을 만난 적이 있었다. 평생 농업 관련 사업에 매진해
온 그는 2000년 정부가 R을 2월의 문화 인물로 선정하
도록 하는 데 오랜 시간 순수한 열정을 바친 사람이었
다. 청년 시절 개인적인 호기심으로 수원의 명사를 찾
아보던 중 어떤 계시처럼 R의 비극적인 생애에 눈을
떴고, 반백이 되도록 R의 온당한 자리를 찾아주고 싶
었던 처음의 열의를 지킨 끝에 그동안 가정과 사회로부
터, 그리고 역사로부터 부조리하게 퇴출당한 채 암흑의
거리를 떠돌아야 했던 R에게 최초의 빛을 안겨준 장본
인이었다. 그는 박윤식을 통해 나를 꼭 만나고 싶다는
기별을 해왔고, 나는 C 기도원에 내려가는 날 그에게
연락을 했다. 가는 날이 장날이라고 굵은 장맛비가 하
루 종일 쏟아졌고, 쏟아지는 장대비에도 아랑곳 않고
그는 R이 태어난 신풍동 생가터와 R이 이혼 후 내려가
사생에 몰두했던 생가터 골목 밖에 있는 화녕전과 모교
인 삼일여학교와 그 앞 개천 상류 쪽에 있는 화홍문과
방화수류정, 그리고 한때 지동에 집을 얻어 기거하며
서호의 여자들을 화폭에 담았던 옛 수원 농대 캠퍼스
내에 있는 서호 정자에 이르기까지 나를 차에 태워 데

리고 다니면서 R의 자취를 일일이 더듬어 보여주는 수고를 아끼지 않았다. 어둠이 내리고 헤어질 시간이 되었을 때 그는 서울행 고속도로 진입로까지 나를 호위해 바래다주면서 톨게이트 티켓까지 미리 준비해 건네주었다. 쏟아지는 빗줄기 속에 800원짜리 톨게이트 티켓을 받아들며 R의 무엇이 청년에서 노년에 이르도록 저 사람을 붙잡고 있는 것일까 찰나적인 생각에 말문이 막혔었다. 시원한 대머리에 부리부리한 두 눈의 그는 백발일지언정 처음 R의 존재를 인식했던 청년의 눈빛 그대로를 간직하고 있는 듯했다. 그는 조심해 잘 가라는 인사 끝에 파리에 가거들랑 셀렉트 호텔이나 찾아봐 달라고 했고 나는 대답 대신 티켓을 흔들며 거듭 고마움을 표했었다.

그날로부터 얼마나 시간이 흐른 것인가. 일간 사진도 받고 점심 식사도 대접할 겸 연락을 드린다는 것이 두 달이 훌쩍 지나 있었다.

"여기, 잘 아세요?"

나는 감회에 젖어 이유항이 건네준 셀렉트 호텔의 명함을 들여다보았다. 무엇인가 크게 어긋났을 때, 아니 무엇인가 기묘하게 딱 맞아떨어졌을 때에 찾아오는 일시적인 몽롱함에 휩싸였다.

“셀렉트 호텔요? 잘 알다마다요. 그런데 가은 씨가 그 호텔을 어떻게 알고 있죠?”

이유항은 알다가도 모를 사람이었다. 나는 가끔 그를 앞에 두고도 환영을 보듯 지난여름 대천 해수욕장에서 나에게 연신 물고기를 잡아다 준 미지의 남자를 떠올리곤 했다. 그는 그림자가 많은 사람처럼, 아니 실체가 하나가 아닌 사람처럼 나를 혼란스럽게 했다.

“그러는 유항 씨는요? 어떻게 셀렉트 호텔을 아는데요?”

묻는 말에 대답은 않고 어이가 없다는 듯이 되묻는 나에게 이유항은 도리어 어이가 없는 것은 자신이라는 것을 강하게 나타내며 고개를 저었다.

“그야, 난 파리를 웬만큼 알잖습니까. 가은 씨 몰랐어요? 저, 파리에서 학교 다녔던 거. 호텔을 잘 아는 건 아니구요, 하하. 셀렉트 호텔은 제가 가본 유일한 호텔이자 마지막 호텔입니다. 제 아버님 친구 분들이 단골로 묵는 숙소로 알고 있어요. 소르본 대학 정문 앞에 있는데 조그만 광장이 있죠. 사각의 광장 한쪽 끝, 그러니까 대학 바로 옆에 셀렉트 호텔이 있고, 아래쪽, 그러니까 생미셸이라는 대로 쪽에 유명한 대학출판부 서점이 있어요. 거긴 제가 파리에 들를 때면 잘 가던 곳이기도 하구요. 아, 서점이 아니라 그 앞 광장 말이죠, 하하."

　파리 5구역 소르본 광장. 아랍인 남자가 하루 종일 카페에 앉아 신문을 읽고, 비둘기들은 여행자들이 흘린 빵 쪼가리를 쪼기 위해 날개를 접고 펴고, 분수의 물줄기가 한여름 장대비 소리를 내며 우렁차게 쏟아져 내리는 곳. 십 년 전 이유항이 자주 드나들었고, 그리고 그보다 칠십여 년 전 R이 두 번째 사랑에 몸을 던졌던 곳, 그곳에 나는 앉아 있었다.
　1927년 R의 연대기를 읽을 때마다 파리에 간다면, 그 어디보다도 셀렉트 호텔을 찾아가려고 했었다. 아니 그곳에 묵으려고 했었다. 그곳에서 깨어나 창문을 열고 창밖의 세상을 짚어보려고 했었다. 무엇이 보이는지 확인해 봐야만 했다. 곽진의 말대로 그때나 지금이나 그 창밖으로 보이는 풍경은 변한 것이 없을 것이었다. 그 창가에서 나는 R의 시나리오를 새롭게 구성해 볼 것이었다.
　R은 1927년 10월 처음 파리에서 최린을 만났다. 그리고 한 달 후인 11월 20일 최린과 셀렉트 호텔에 묵었다. 나는 M과도 그의 아내 오현수와도 그리고 이유항

과도 관계없이 그곳에 와 있었다. 오직 R을 좇아서 와 있는 것이었다. 그 사실이 그곳에 있는 내 존재 이유를 증명하기라도 하듯 R의 두 번째 사랑이 손에 잡힐 듯이 가까이 다가왔다. 시나리오의 첫 장면이 머릿속에서 자동으로 써지고 있었다.

R이 광장을 가로질러 호텔로 들어간다. 그녀의 발걸음은 검객의 그것처럼 가볍고 날렵하다. 그녀가 걸어간 광장에 어둠이 진다. 검은 지붕 위로 새가 날아오른다. 광장에 서 있던 나뭇가지에서 마지막 나뭇잎이 떨어진다…….

첫 장면이 머릿속에 떠오르자 마치 누가 발소리도 없이 등 뒤로 다가오는 것을 알아챈 순간처럼 겨드랑이께가 오싹 저려왔다.

아랍인 남자는 자리를 뜨고 없었다. 두 손을 맞잡고 손끝을 눌렀다. 며칠이 지나도록 단 한 글자도 쓰지 않고 있었다. 나는 가방을 열어 연필과 종이를 찾았다. 광장 가에 셀렉트 호텔의 윤곽을 잡았다. 현관에 'SELECT'라고 영문으로 써넣으면서 또 다른 셀렉트 호텔을 생각했다. 셀렉트라는 이름의 호텔이 파리에 또 있을지도 몰랐다. 프랑스 검색 사이트와 해외 호텔 예약 전문 여행사를 통해서 알아본 바에 의하면 파리에 하나, 파리 교외 볼로뉴 빌리냥쿠르에 하나 있었다.

파리의 셀렉트 호텔은 바로 내가 묵고 있는, 지금 앉아 있는 소르본 광장 1번지의 호텔이었다. 이 호텔 앞에 서는 순간 나는 직감적으로 R의 셀렉트 호텔임을 알았다. 그러나 확인이 필요했다. 셀렉트 호텔에 투숙할 당시 R은 생라자르 역에서 이십여 분 기차를 타고 가야 하는 교외의 프랑스인 사회운동가 샬레의 집에 머물고 있었고, 틈틈이 최린과 만나 통역을 대동한 파리 유람을 다녔다. 세 아이들은 부산의 시모에게 맡겨져 있었고, 남편 김우영은 법률 연수차 베를린에 머물고 있었다. R이 이 광장 이 호텔에 들어섰을 때의 기분을 상상해 보는 것은 어렵지 않았다. 후일 R은 그 당시 기분을 “여성이오 학생이오 처녀로써였다.”고 고백장에 알리기까지 했다. 아울러 그 기분이 얼마나 강렬했던지 이듬해 귀국한 후에도 한동안 그녀는 자식들이 자신을 “어머니라고 부르난 소리가 이상스럽게 들릴” 정도였다고 토로하기까지 했다.

박윤식의 손에 넘어간 다큐멘터리 「R의 이야기」가 여성을 한 인간으로, 단지 인습의 굴레에 희생된 여자가 아닌 남성성과 여성성을 한 몸에 지닌, 지성과 무

지, 진실과 모순을 동시에 지닌 R이라는 인간의 드라
마를 진실하게, 그리고 순리적으로 그렸다면, 시나리오
는 바로 여기, 이 광장, 어두워지는 광장 모퉁이에 숨
은 보석처럼 박혀 있는 저 호텔로 숨 가쁘게 들어서는
삼십 대 중반의 여인, R의 뒷모습에서부터 시작될 수
있었다.

등 뒤에서 바이올린 소리가 분수의 물소리를 제치고
폭포수처럼 귓속으로 쏟아져 들어왔다. 림스키코르사
코프의 「땅벌의 비행」이라는 매우 빠른 곡이었다. 힐끔
돌아보니 스포츠형으로 머리를 짧게 깎은 동양 여자가
고개를 비스듬히 기울인 채 잽싸게 활을 켜고 있었다.
언뜻 보아 내리깐 눈매가 날카로워 보였고 꾹 다문 붉
은 입술이 억세게 일그러져 비죽비죽 솟은 짧은 머리칼
과 함께 괴기스러운 힘을 내뿜고 있었다. 한국인인지
일본인인지 중국인인지 얼른 감이 잡히지 않는 그녀를
바라보고 있자니 한 여자, 얼굴도 목소리도 알 수 없는
한 여자가 어른거렸다. M의 아내, 오현수.
나는 R을 전면에 내세우고 있었지만 사실은 그녀로
부터 멀찍이 떨어져 그 광장 구석에 와 있는 것이었다.
나는 엉겁결에 끼어든 불행을 떨쳐버리듯이 세차게 고

개를 내저었다. 림스키코르사코프의 「땅벌의 비행」은 매우 빠르기도 했지만 매우 짧았다. 연주자는 다이내믹하게 「땅벌의 비행」을 마무리 짓고는 라흐마니노프의 「보칼리제」를 전혀 다른 정조로 유연하게 연주하기 시작했다. 연주자 뒤로 옆으로 하나 둘 지나가던 발걸음들이 멎었다.

오현수가 나에게 문자 메시지를 보내기 전까지 나는 그녀에게 미안함이나 죄의식을 가지고 있지 않았었다. 오히려 이혼을 회피한 그녀가 비열하게, 아니 뻔뻔스럽게 느껴지기까지 했다. 전혀 정당하지 못한 입장에서 그녀를 그렇게 생각하게 된 것은 M이 의도적으로는 아니어도 산발적으로 나에게 전달한 그녀의 행동과 말 때문이었다. 나와 아이와 얼마든지 좋은 시간을 보내라고 그녀는 M을 부추기기까지 했고, 심지어는 자기가 유학 가고 없는 동안 다른 여자를 만나라고 큰소리를 치기까지 했다고 했다. 그리고 둘 중의 누구에게든지 더 좋은 파트너가 생기면 깨끗하게 서로 헤어지자고, 자신은 그럴 수 있다고 말해 놓고는, 정작 M이 나에 대한 사랑을 고백하자, 이혼은 하되 아이를 데려가겠다고 나선 것이었다. M보다도 M의 가족에게 아이가 어떤 존재인지를 잘 아는 그녀가 자신의 말에 책임을 지려면 아이를 포기해야 했다. 그녀가 이혼을 한다고 나서면 M보다도 M의 가족들이 들고일어나 나에게 달려올 것이었다. M이 두려워하는 것은 그의 아내도 아내려니와 그의 가족, 특히 어린 시절 이후 서른 중반이 되도록 줄곧 공포의 대상이었던 그의 아버지가 나를 가만히 내버려두지 않으리라는 것이었다. 그래서 나는 어쩌란 말인가?

M은 속수무책이면서도 나를 포기하지 못하고, 나는 M을 포기하려고 하면서도 그의 괴로움의 자장 안에 포섭되어 살아오는 동안 삼 년이나 흐른 것이다. M이나 M의 가족이 유명무실하더라도 아이의 엄마를 인정하지 않을 수 없는 이유가 아이 말고 또 하나 있었다. M이 경제학과를 졸업하고 다시 사진학과에 입학하여 대학원 과정을 마치도록 학비와 생활비를 보태준 것이 아내의 가족, 곧 처가였다. M이 중학교에 들어간 이래 이십 년 동안 직장을 갖지 않은 그의 아버지에게서 근근이 생계를 꾸려온 그의 어머니 역시 아버지 못지않게 그에게는 두려운 존재였다. 아이의 엄마의 자리는 아내가 아닌 어머니가 대신해 온 것이니 누구에게도 아이를 내줄 수 없는 입장이었다. 그러고 보면 그의 아내의 처

지만큼 애매모호한 것도 없었다. 아이의 엄마 노릇을 번듯이 해보지도 못했고, 남편의 아내 역할 또한 제대로 해본 적이 없었다. 나머지는 말하나 마나. 내가 나타나기 전까지 M의 아내는 그러한 위상에 불만을 가진 것 같지는 않았다. 차라리 결혼 상태이면서, 언제든 도서관에 드나들며, 때로는 퇴폐적인 모임에 끼여 독초를 피우며 밤새도록 토론을 벌일 수 있을 것을, 그러다 그 중의 누군가로부터 호감을 받아 흥분감에 젖는 것을, 그리고 그것을 M에게 자연스럽게 알리는 것을 특권처럼 여겼던 것 같았다. M이 파악한, 그래서 나에게 들려준 그의 아내는 그런 사람이었다. 그녀는 절대로 아이를 빌미로 남자의 발목을 잡는 그런 여자가 아니었다. M은 그런 아내를 처음에는 괴롭게, 그러다 특이하게, 그리고 끝내는 특별하게 인정했다. 그런 아내가 그의 고백 후 사흘을 울고, 석 달을 우울증에 시달리다가 이혼 조건으로 아이를 세워놓고는 스페인으로 떠나버린 것이었다. 나는 심히 그녀에게 속은 기분이었고, M은 천하의 비열한 인간이 되어버렸다.

그녀가 스페인으로 떠난 이 년의 시간은 M과 나를 서서히 지쳐가게 만드는 늪이자 그물이었다. M은 나와 살려고 아내가 떠나도록 자신이 유도했노라고, 그동안 아내가 이성들로부터 호감을 받아온 것을 자신에게 끊임없이 말한 것에 따르면 아내에게 다른 삶, 다른 상대가 곧 나타나 이혼 문제가 쉬워질 것이 분명하리라는 기대에서 아내가 떠나도록 상황을 만들어주었노라고 말했다. M의 부모는 그의 수입도 일정치 않은데, 또 유학을 간다고 하더라도 어느 세월에 학위를 딸지 모르는 상황에서, 그리고 학위를 딴다고 해도 학교 취직이 요원한 마당에 또다시 며느리 유학을 보내줘야 한다는 것이, 아이를 맡아 기르는 것은 둘째치고 말이 안 된다고 험악하게 반대를 하고 나섰고, 그는 아버지와 어머니 사이를 오가며 설득하고 빌었다. 그러나 M이 나를 아내에게 고백하기 전에 그녀가 호언장담해 온 것이 진심이 아니었듯이 유학을 떠난 후에 그녀에게 다른 상대가 금방 접근하리라는 생각도 진실이 아니었다. 그의 아내는 더욱 간절하게 그에게 전화를 걸어와 의욕 없이 겨우겨우 살아가고 있음을 때로는 꺼져가듯 힘없이 또 때로는 괴롭게 울부짖으며 호소했고, 그는 이중의 죄책감에 시달리며 아내의 신음 소리를 말없이 들어줘야 했다. 그런 날이면 그는 땅속으로 기어들어 갈 듯이 목소리도 안색도 폭 꺼져 있었다. 그리고 그런 날이면 드물게 아이 이야기를 했다. 아이가 엄마를 기다린다고. 그의 말은 그런 아이와 그런 아내와 그런 부모 틈새에 자기가 있노라는, 그럼에도 불구하고 나와의 합일을 위해 참고 있노라는 호소였지만 나는 차츰 그의 어떤 말도 들어주기가 힘들어졌다. 그럴수록 그에게서, 그의 가족들의 그물에서 한시라도 빨리 빠져나가고만 싶었다. 그물에 잘못 걸려든 꿈이, 잘못 꾼 꿈이 계속되고 있는 것이 불쾌할 뿐이었다.

그런데 그의 아내가 온 것이었다. 이제 하나쯤은 분명해질 것이 아닌가. 나는 차라리 잘되었다 싶었다. 올 것이 오고야 만 기분, 그것은 쾌감을 동반한 허탈감이었다.

나는 오현수를 만날 이유가 없었다. 그렇다고 그녀를 피할 이유도 없었다. 그 둘은 극에서 극처럼 반대편에 있었지만 결국은 한통속이었다. 그녀가 만나자고 적극적으로 나서자 나는 궁지에 몰린 생쥐처럼 하루하루 옹색한 처지에 몰리는 기분이었다. 나는 그녀를 만나야 했다. 그런데 그녀를 만나고 싶지 않았다. 그녀를 피하지 않으면서 그녀를 만나지 않을 수 있는 방법이 필요했다. 이유항의 파리행 카드는 마치 그 순간을 기다렸다는 듯이 나를 잡아끌었다. 그러나 나는 이유항의 카드를 선뜻 받아 들 수도 없었다. 그것은 여전히 M에게 달려 있었다. 그것은 어쩌면 내가 M에게 취할 수 있는 최소한의 예의라고 생각했다. 그러나 나는 결국 파리행 비행기에 올랐다. 공항에서 이유항이 손을 흔들며 출국 게이트 안으로 사라지고 난 뒤 열 발자국도 떼지 않아서 돌연 마음이 흔들린 것이다. 그래, 파리로 가자! 오현수와도 이유항과도 관계없이 떠나는 거다! 공항의 에어프랑스 오피스에서 가장 빠른 파리행 비행기 티켓을 예약했다. 두말할 것도 없이 내 머릿속에는 셀렉트 호텔이 있었다.

호텔 카운터에서는 노부부가 체크인을 하고 있었다. 방으로 올라가려다가 다시 나와 생미셸 대로로 들어서서 인터넷 카페를 찾았다. 센 강 쪽 생미셸 광장을 향해 걸어 내려갔다. 그곳은 만남의 장소로 알려져 있어서 평소에 한국인 여행자들이 몰리는 곳이니 인터넷 카페가 쉽게 눈에 띌 것이었다. 출국할 즈음 메일 박스에서 확인했던 L출판사 여하연과 박윤식의 편지에 답장을 해야 했다. 어쩌면, M에게서 소식이 와 있을지도 몰랐다. 나는 느릿느릿 걷던 발걸음을 서둘러 떼기 시작했다. 센 강 좌안의 젊은이들 중심지답게 생미셸 대로는 많은 사람들로 활기에 넘쳤다. 카페와 서점뿐 아니라 옷 가게와 신발 가게, 문구, 화방, 작은 재즈록 바와 영화관들이 즐비했다. 휘황한 불빛, 어깨를 부딪치며 지나가는 발길들, 생미셸 거리는 신촌의 초저녁 거리를 연상시켰다. 거리 곳곳에 크레프* 가게들이 있었고, 마침 쌀쌀해진 저녁 바람 때문인지 크레프 가게마다 사람들이 줄을 서 있었다. 생미셸 광장까지 갈 필요도 없이 인터넷 카페가 눈에 들어왔다. 여하연에게서 『프리다 칼로』에 들어갈 옮긴이의 말 독촉 편지가 재차 와 있었고, 뜻밖에도 곽진과 이유항의 편지가 차례로 도착해 있었다. M에게서는 여전히 아무 소식도 없었다. 이유항의 편지부터 열어보았다. 편지 첫 문장을 읽다가 깜짝 놀랐다. 오늘 오후에 셀렉트 호텔에 갔었습니다……. 편지가 수신된 시간을 보았다. 지금으로부터 세 시간 전, 오늘 오후 네 시였다. 나는 주위를 둘러본 뒤 이어서 편지를 읽었다. 이유항이 셀렉트 호텔에 올지도 모른다는 것은 상상도 못했다. 셀렉트 호텔은 나에게 오직 『원본 R 전집』 속에나 등장하는 장소로만

---

* 밀전병에 꿀, 밤 잼, 포도 딸기 시럽 등을 넣어 먹는, 우리의 호떡과
  비슷한 간식 요리.

존재했다. 그것은 내가 실제 셀렉트 호텔에 투숙을 했다고 하더라도 바뀔 수 없는 특수한 지대에 속했다. 문 쪽으로 시선을 돌렸다. 거리는 완전히 어두워졌고, 카페 문은 나처럼 지나가던 뜨내기 여행자들에 의해 빈번하게 열리고 닫혔다. 이유항이 근처에 있을지도 모른다는 생각이 들자 곧 만날 것만 같은 예감에 가슴이 뛰어 가만히 앉아 있을 수가 없었다. 반가움이나 설렘보다는 나를 보고 어처구니없어할 이유항의 표정이 떠오르자 마치 큰 잘못을 저지르다 들킨 것처럼 몹시 불안하고 불편해졌다. 나를 향한 이유항의 진심을 모르지 않기에 내 행동에 그가 배신감마저 느낄지도 몰랐다. 착잡하게 뒤엉키는 심사를 억누르고 편지를 계속 읽었다.

가은 씨 생각을 했습니다. 광장에 그전엔 없던 분수가 새로 생겼더군요. 이상하게 광장이 퍽 좁아졌다고 느꼈는데, 아마 분수와 쏟아지는 물소리 때문이었던 것 같습니다. 파리에 올 때면 자주 그곳을 지나다녔지만 변화라고는 소르본 지붕과 벽에 이끼가 조금 더 긴 정도였는데 일 년 사이에 분수가 만들어졌으니 그럴 수밖에요. 몇 달 만에 몰라보게 변하는 서울에 비하면 아무것도 아니지만요. 아, 셀렉트 호텔만은 여전하더군요. 지배인 마담이 저를 알아보고 반가워해 주기도 하구요. 가은 씨를 위해, 셀렉트 호텔의 특징을 몇 가지 말해 볼까요? 우선 방마다 들보 천장과 오래된 돌을 박아 장식한 벽과 동굴식 식당입니다. 그리고 다소 무거운 듯한 암녹색 벽은 추상표현 회화라고 하나요? (잘은 모르지만 칸딘스키라는 화가의 「즉흥」이라는 작품이 생각나는군요.) 아무튼 색과 선이 굵고 활달한 현대 추상화들로 장식되어 있답니다. 그래도 궁금할 테니 가은 씨에게 보여주려고 디지털 카메라로 몇 컷 담아놓았습니다. 예전에는 무심코 보아 넘겼던 것들을 가은 씨 덕분에 정밀하게 눈여겨보고 있습니다. 그러다 보니 가은 씨가 더욱 가까이 느껴지고요……. 지금 가은 씨에게 편지를 쓰는 곳은 생미셀 거리의 블루 노트라는 인터넷 카페입니다.

블루 노트라고? 나는 읽던 편지에서 눈을 데고 흑인 청년이 앉아 있는 카운터 쪽을 바라봤다. 카페의 이름이 눈에 닿자 나는 바늘에 찔리기라도 한 듯 비명을 지를 뻔했다. 라 노트 블뢰(La note blue). 영어로 하면 블루 노트. 이곳은 바로 이유항이 세 시간 전에 앉아 나에게 편지를 쓰고 있던 곳이 아닌가. 나는 점점 이유항이 쳐놓은 그물에 걸려들어 가는 물고기가 된 기분이었다. 나는 그물에 걸려들고도 빠져나가려고 애쓰는 멍청

한 물고기처럼 의자에서 벌떡 일어섰다. 그러고는 카운터로 걸어가 흑인 청년에게 혹시 이 근처에 블루 노트라는 인터넷 카페가 또 있느냐고 물었다. 그는 나의 서툰 불어 발음에 얼굴을 찡그리며 고개를 저었고, 나는 다시 한 번 물었다.

"혹시 영어로 된 블루 노트라는 인터넷 카페는 없을까요?"

그러자 흑인 청년은 어깨를 한 번 으쓱하고는 나를 데리고 밖으로 나가 간판을 가리켰다. 불어와 영어가 나란히 적혀 있었다.

"영어로나 불어로나 인터넷 카페 블루 노트는 여기 하나뿐입니다!"

내가 자리에 돌아와 우두커니 앉아 있자, 흑인 청년이 다가와 말했다.

"아! 블루 노트가 또 있긴 있습니다. 그런데 그곳은 인터넷 카페가 아니라 재즈 카페입니다."

그러니까 이곳은 이유항이 세 시간 전에 나에게 메일을 쓴 바로 그 인터넷 카페였다. 그가 이곳에서 보낸 메일을 나는 세 시간이 지난 후 같은 장소에서 열어보고 있는 것이다. 이유항에게 해명을 해야 했다. 왠지 미안하다고 말해야 할 것 같았다. 그런데 다시 생각해 보니 그에게 미안해할 것은 아니었다. 그러나 그런 기분이 드는 이상, 파리에 와 있음을, 그야말로 즉흥적으로 감행했으나, 그러나 그때야말로 필연적인 순간이었음을 밝혀야 했다. 그렇게 생각을 하자 당혹스러움과 미안함에서 어느 정도 놓여나 마음이 편안해졌다.

셀렉트 호텔에서 지척이지요. 두 시간 후면 리옹 역에서 기차를 타고 안시라는 지방 도시로 내려갑니다. 호수가 있어서 론알프스 지방에서도 아름답기로 유명한 곳입니다. 매년 6월이면 세계 최대 애니메이션 영화 축제가 열리는 도시라서 애니메이션 작가들이 선호하는 곳이기도 하구요. 아, 가은 씨도 보았는지 모르겠는데, 「마리 이야기」라는 애니 작품이 작년에 그 영화제에서 대상을 받았었죠. 바로 제 클라이언트가 얼마 전에 그곳에 작업실을 구해서 내려갔다는군요. 셀렉트 호텔을 나와서 그 옆 대학 서점에 들러 작은 책자 한 권 샀습니다. 제목이 '조르주 상드'인데요, 가은 씨가 좋아할 것 같아서요. 예전에 파리에서 「세기의 아이들」이라는 영화를 보았었죠. 한국에도 개봉이 되었는지 모르겠는데, 영화 내용은 상드와 낭만파 시인 뮈세의 격렬하고도 병적인 사랑 이야기를 다룬 걸로 기억됩니다. 무대가 베네치아라서 그런지 마치 영원한 꿈의 삽화처럼 뇌리에 박히는 장면들이 있었습니다. 상드는 소녀 시절엔 남장을 하고 다녔고(상드라는 이름도 가명이라죠?), 일찍 결혼해서 아이들을 줄줄이 낳았고, 당대의 천재 예술가들과 마음껏 사랑했다고 하죠? 세기말이라는 시대어가 병명으로 사용될 정도로 당시의 시인 예술가들의 지나친 감성이 질리기도 하지만, 그 속에서 매번 다가오는 사랑에 처절하리만치 온몸을 바친 상드야말로 여자라는 단일한 성으로는 설명되지 않는 확장된 인간이 아닌가라는 생각을 했던 것 같아요. 상드의 책을 집어 든 순간 놀랍게도 영화의 마지막 대사, 상드의 말이 떠올랐어요. "일생에 단 한 번 영혼을 바쳐 사랑하는 것을 우린 모르고 헤어졌다." 여러 차례 전화를 했는데 핸드폰을 꺼놓으셨더군요. 곽진 씨에게 물어 메일 주소를 알았습니다. 안시에 다녀와서 이틀 더 파리에 머문 뒤 돌아갑니다. 일이 아닌 휴가차 왔는데도 남은 시간이 너무 길게 느껴지고 빨리 돌아가고 싶은 마음뿐입니다. 가은 씨, 지금 어디에 있나요?

이유항은 지금쯤 안시행 열차에 앉아 있을 것이었다. 그런데도 나는 자꾸 등 뒤에서 그가 걸어와 내 어깨를 감쌀 것만 같았다. 시간이 가면 갈수록, 이유항이 가까이 다가오면 올수록 나는 그에게 크게 잘못하고 있다는 가책이 들었다. M이라는 존재를 그에게 말하지 않은 것이 예의에 어긋난 행동처럼 자꾸 심기를 건드렸다. 이유항이 호의 이상의 확실한 고백을 하지 않은 상태에서 내가 먼저 M과의 관계를 부러 밝혀야 할 이유가 없었다. M은 나에게 무엇인가. 나는 M을 이유항에게 어떻게 설명할 수 있을까. 지금 M은 어디에도 없는 사람이 아닌가. M이 가 있다는 아프리카란 나의 현실을 벗어난 공간이 아닌가. 현실이란 내 손이 닿을 수 있는 범위, 내가 가 닿을 수 있는 세계다. 답장을 쓰기 위해 이유항의 메일 주소를 클릭하려다가 주소록 창을 열어 M의 주소를 불러냈다. 마지막 인사처럼 M에게 묻고 싶었다. M, 지금 당신은 어디에 있나요?

2

광장의 물소리는 더 이상 들리지 않았다. 천장에 두드러진 들보와 벽을 장식한 울퉁불퉁한 돌들이 어둠의 뼈처럼 은근히 빛을 내뿜고 있었다. 시차 때문에 새벽세 시경이면 어김없이 눈이 떠졌고, 그러면 침대에 누운 채 R의 시나리오를 구상하면서 아침을 맞았다. 식민지로 전락한 나라의 부잣집 딸로 성장, 도쿄로 미술 유학, 첫사랑의 실패, 한국 최초의 여성 서양화가, 한국 근대 문학 형성기의 신진 여성 소설가, 교토 제대 출신 변호사와의 결혼, 최초의 서양화전 개최, 식민지 외교관의 아내이자 신여성으로서의 독립운동 지원 활동, 그리고 구미 만유(漫遊).

서른세 살의 R은 지금 파리에 와 있다. 때는 1927년 가을, 파리에서는 무슨 일이 일어나고 있었는가. 파리에서 발행한 기록물들에 의하면 만국박람회의 상징 에펠 탑은 명실 공히 열일곱 살의 아름다운 파리의 아가씨가 되었고, 생라자르 역을 인상파 화가들의 관문으로 만든 화가 클로드 모네의 「수련」 연작이 파리 센 강둑의 옛 오렌지 저장용 온실을 개조해 문을 연 오랑주리 미술관에 가득 들어섰으며, 망명자들과 집시 화가들의 집합소였던 몽파르나스에는 오락장 카페 '라 쿠폴'이 문을 열었다. 그런가 하면 바다 건너 멕시코에서는 일 년 전부터 프리다 칼로라는 여성 화가가 자화상을 그리기 시작했고, 몽마르트르의 입체파 좌장 피카소는 남프랑스로 내려가 계속해서 괴이한 여자들의 초상에 매달렸으며, 예수 성화(聖畵)에 주력했던 루오는 대형 판화로 다윗에 관한 이야기를 완성시켰다.

R이 만주를 거쳐 시베리아 횡단 열차를 타고 파리에 온 것이 7월. R이 보고 듣고 정리한 소식에 따르면 당시에는 야수파 일군의 활약이 두드러졌고, 그 가운데 피카소, 브라크, 마티스, 드랭 등의 그림이 강세를 보였다. 누구든지 독특한 필법만 창작하면 대가 열에 낄 수 있었고 후기인상파 세잔의 그림 연구가 많았다. '컬러 하모니 무빙 컴포지션'이 파리 화단을 지배했는데, 가장 인기 있는 스타는 마티스였다. 한편 그들과 같은 파리의 하늘 아래 있었던 R은 어떠했는가.

"단발을 하고 양복을 입고 빵이나 차를 먹고 침대에서 자고 스켓치 박스를 들고 연구소(아카데미)를 다니고 책상에서 불란서말 단자(單字)를 외우고 때로는 사랑의 꿈도 꾸어보고 장차 그림 대가가 될 공상도 해보았다. 흥나면 춤도 추어보고 시간 있으면 연극장에도 갔다. 왕 전하와 각국 대신의 연회석상에도 참가해 보고 혁명가도 찾아보고 여자 참정권론자도 만나보았다. 불란서 가정의 가족도 되어보았다. 그 기분은 여성이오 학생이오 처녀로서였다."

가슴이 부풀 대로 부푼 그녀가 유학생 모임에서 풍문으로만 듣던 최린을 만났다. 남편 김우영과 교분이 두터운 형이라 했고, R도 연루되어 옥살이를 했던 3·1

운동의 민족 지도자 33인 가운데 한 사람으로, 종교와 철학, 역사, 정치 그리고 시와 그림에도 두루 해박한 지성인이라 했다. 예술에 대한 심미적인 안목도 취미도 희박했던 남편 김우영은 아내의 기승스러운 예술성이 자랑인 한편 부담스러웠던 차에 평소 친형처럼 믿고 따르던 최린에게 아내를 맡겼다. 그러나 최린을 맞는 R은 어떠했나. 남편과 아이들과 멀리 떨어진 한 사람의 당당한 여성, 학생, 처녀로서였다. 김우영과 R이 각각 다른 꿈을 꾸고 있었다면, 최린은 어떠하였나. R의 고백에 따르면 셀렉트 호텔에서의 사랑은 둘이 에로틱한 연극을 구경한 뒤 최린의 적극적인 유혹으로 이루어졌다. 그러나 파리에서의 R의 심리 상태, 그러니까 여성이자 학생, 처녀임을 고집하는 자기 환각에 빠져 있지 않았다면 그들의 사랑은 성립될 수 없었다.

최린은 어떤 사람인가. R과의 스캔들 이후, 민족 지도자 33인 중 한 사람이라는 것, 천도교를 이끌고 있는 교령이라는 것 이외에 R과 열정적으로 사랑을 나눴던 한 남자의 모습은 어디에서도 찾아볼 수 없었다. 최린의 정체가 도무지 잡히지 않았다. 그의 육성이 빠진 주변의 기록을 보면 그에게 한 여자를 향한 순정을 구하기란 불가능했다. R이 구미 여행 후 귀국하여 부산 동래의 시가에서 살 때 그녀를 찾아와 인터뷰했던 《별건곤》의 기자 차상찬의 평에 따르면 그는 "호협(豪俠) 방종(放縱)의 쾌남아"였다.

그렇다면 R의 사랑은 무엇이란 말인가. 최린에게 R이 성적으로 이용당한 것인가. 일본 영사부에서 최린의 이미지를 깎아내리기 위해 이들의 관계를 악용했다는 설이 있긴 했다. R은 공식적으로 여러 차례 최린에 관하여 입장을 밝혔다. 가장 눈에 띄는 것은 「이혼 고백장」이고 그다음은 정조 유린을 명목으로 최린을 상대로 고소한 「소장」이었다. 처음에는 "최린과 과거 시사(時事), 현 시사, 장래 시사 공명되는 점이 많았고 서로 이해하게 되었다."고 썼고, 나중에는 에로틱한 연극 구경을 감행한 후 자신을 유혹하고 성관계를 강요했다고 주장했다. R의 평전을 쓴 이상경은 고소장의 R의 기록은 파리에서의 애정 행각 이후 칠 년이 지난 뒤, 남편 김우영에게도 세상에게도 버림받고 절망한 시점에 쓰인 것이라 R의 자기변호적인 측면이 강하게 배어 있음을 환기시키면서 최린이 유혹하고 R이 그 유혹을 받아들였을 거라고 추론했다.

그렇다면 셀렉트 호텔로 들어서는 R, 검객처럼 가볍고 빠른 발걸음으로 광장을 가로질러 가는 R을 내세운 첫 장면은 낭만적인 허구라는 그럴듯한 포장을 무릅쓸 때에야 가능한 전개가 아닌가. 그것은 진실이 아니지 않은가. 나는 침대에서 일어나 어둠 속을 서성였다. 아르테미시아 젠틸레스키가 파락호 아고스티노 타시의 끈질긴 유혹과 구애에 넘어가는 장면이 떠올라 집요하게 따라붙었다. 아고스티노 역시 아르테미시아의 괴팍한 아버지 오라치오가 유일하게 인정한 후배이자 동료가 아니었던가. 그림 그리는, 당시로서는 희귀한 재능을 가진 딸의 발전을 위해 그를 믿고 맡기지 않았던가.

파리에 도착하기 전부터 시작된 불면과 비행 후의 피로를 방치한 탓에 나는 자주 현기증에 사로잡혔다. 딛고 서 있는 바닥이 그 자리에서 푹 꺼지듯 아찔해지면서 주변이 휘청거렸다. 침대로 돌아가 몸을 누이고 허공을 응시했다. R이 이 호텔로 뛰어 들어가도록 만든 남자의 순수한 열정이 필요했다. 그러기에는 최린이란 존재는 도무지 실망스럽기 짝이 없었다. 혹자는 최린을 두고 R의 두 번째 혹은 세 번째 사랑이라고 하나, 유감스럽게도 R에게 사랑은 단 한 번밖에 없었다.

잠을 청하려고 눈을 질끈 감았다. 허영과 자기기만에서 깨어난 한 여자의 자화상이 나를 응시하고 있었다. 꿈결인지, 나는 허공에 손을 내밀었다. 어둠 속에서 내려와 내 손바닥에 놓일 어떤 끈을 기다렸다. 낮에 M에게 쓰다 만 편지가 공중에서 저절로 써지고 있었다.

M, 당신은 어디에 있나요? 저는 지금 파리에 있습니다. 정확히는 1927년에서 1928년의 파리에 있지요. 당신은 아마 외젠 앗제의 당시의 파리 사진들을 떠올리겠지요. 네, 당신의 책꽂이에 꽂혀 있던 앗제의 풍경 속을 찾아다니고 있습니다. 어제오늘 몽파르나스 주변을 돌아다녔지요. 거기에서 줄곧 한 여자의 '자화상'을 생각했습니다. 자화상을 그리기 직전의 그 여자의 삶에, 그 순간에 저는 멈추어 있습니다. 지금 그녀는 이곳에서 아무것도 모르고 행복합니다. 왠지 모를 불안도 없고, 오직 자신감만이 그녀의 발걸음에, 눈빛에, 그리고 혀끝에 충만할 뿐입니다. 저는 그 여자의 가파른 숨결 속에서 잠이 들고 깹니다. 당신은 아직도 그 여자, 그 시대에서 벗어나지 못하고 있느냐고 핀잔을 줄지도 모르겠습니다. 그러나 시대가 무슨 상관이 있겠습니까? 어느 시대를 살든 인간이 지고 가는 굴레는 결국 다르지 않은걸요. 지난 1월 제가 당신을 떠났을 때, 당신은 제가 어디에 있는지 금세 알아맞혔는데, 저는 당신이 어디에 있는지, 도무지 알아맞힐 수가 없습니다. 아직도 당신은 세렝게티 야생동물 보호구역에 있는 것입니

까? 그곳은, 사람들이 꿈꾸는 것처럼, 천국인가요? 탄자니아, 케냐, 가봉, 자이레…… 이런 이름들이 지도에 나와 있지만, 그렇다고 그곳들이 이 세상에 속하는 것일까요? 저는 그렇게 생각하지 않습니다. 당신이 그곳으로 떠나버린 이상 나에게는 당신이라는 세계도 떠나버린 것 같습니다. 그런데 당신이 떠나버린 뒤에도 괴로움은 남아서, 저는 그것을 피해 이렇게 파리에 와 있는 것이지요. 그러면서 여기 파리는 아프리카와 조금 가까운 곳이 아닌가 생각하는 것이지요. 이런 제 감정을 두고 자가당착이라고, 자기 함정이라 비난하면서도 어쩔 수 없습니다.

정오가 되도록 해가 나지 않았다. 창문을 열어젖히고 전집 속의 R이 그린 자화상을 펼쳐놓았다. 음울한 하늘 아래 검은 눈동자가 초점을 잃고 나를 바라보고 있었다. 가슴속 회한을 억누르기라도 하듯 지그시 다문 입과 움푹 팬 볼.

R의 「자화상」이 언제 그려졌느냐에 대해서는 의견이 분분했다. 1928년 파리 체류 중에 그려진 것이라는 설과 1929년 귀국 직후라는 설이 있다. 1928년 몽파르나스의 비시에르 화실을 드나들면서 그렸을 것이라는 설

이 인물의 의상과 머리 스타일로 보아 더 유력했다. 사람들은 R의 「자화상」에서 몽파르나스에서 최후를 맞이했던 아마데오 모딜리아니의 화풍을 보기도 했고, 몽파르나스에 군림한 야수파의 거장 앙리 마티스의 영향을 확인하기도 했다. 뿐만 아니라 세잔의 인물화와 반 고흐의 자화상을 엿보기도 했다. 그것은 R이 체류했던 파리의 현주소를 말해 주는 대목인 동시에 R이 섭렵했던 화풍의 다양성을 말해 주는 대목이기도 했다.

세계 각지에서 모여든 화가들은 몽마르트르에서는 피카소를 중심으로, 몽파르나스에서는 마티스를 중심으로 커다란 그물맥을 형성하고 있었고, 비록 파리 화단에 큰 족적을 남기지는 못했지만 R도 몽파르나스를 무대로 한 에콜 드 파리*처럼 무수한 아카데미들 중 하나에 소속된 일원인 셈이었다.

처음 R의 「자화상」과 맞닥뜨렸을 때 나는 모딜리아니나 마티스보다는 루오의 필법을 강하게 느꼈다. 특히 루오의 「성안(聖顔)」이 「자화상」에 오버랩되어 잡혔었다. 루오는 '붓을 든 단테'라는 별칭으로 불릴 정도로

---

* 샤갈, 모딜리아니, 수틴 등 이방인으로 파리에 와서 활동한 화가들을 통칭하는 말.

종교적인 걸작들을 남겼는데, 「성안」이 그의 대표작이었다. 성안이란 예수가 골고다 언덕으로 끌려갈 때 한 여인이 나서서 이마에 맺힌 땀을 닦아주었는데, 땀을 닦은 수건에 찍힌 예수의 얼굴을 이르는 말이었다. 파리에 도착한 다음 날인 그제 그 작품을 퐁피두 현대미술관에 가서 확인해 보았었다. 그리고 어제는 생미셸에 있는 헌책방에서 루오의 화집을 구해 두고두고 들여다보았다. 십자가에 못 박히러 골고다 언덕을 올라갈 때의 예수의 표정. 고뇌와 인내를 붓으로 승화한 것이 「성안」이라면 R이 그린 「자화상」은 어떠한가. 화가는 자기 얼굴에다 무엇을 표현하려고 한 것일까.

루오의 화집과 함께 생미셸의 헌책방에서 구해 온 마티스의 화집을 펼쳤다. 마티스는 초기 야수파를 이끌었지만 야수파에 국한되지 않은 다양한 화법을 구사한 작가였다. 정확히 마티스의 어느 부분과 R의 「자화상」이 겹치는지 직접 대별해 보려고 했다. 마티스의 화집을 한 장 한 장 넘기다가 「마티스 부인의 초상」에서 멈추었다. 「자화상」을 가운데 두고 루오의 「성안」과 마티스의 「마티스 부인의 초상」을 나란히 놓았다. 굵은 필치의 짙은 선묘(線描)는 루오와 일치했는데 놀랍게도 포즈는 「마티스 부인의 초상」과 근본적으로 닿아 있었다. 같은 구도를 취하고 있으나 마티스 부인의 초상화는 색이 매우 다채롭고 경쾌하며 붓질의 속도감이 느껴질 정도로 신선미가 넘쳤다. 반면 R의 초상화는 가슴에 꽉 찬 어둠을 불러내놓은 듯 갈색 톤이 무겁게 화폭에 스며 있고 우수에 찬 검은 눈동자는 방향으로 보면 정면을 향하고 있으나 내용으로 보면 닿을 곳 없이 허공중에 떠돌고 있었다.

『원본 R 전집』을 트렁크에서 꺼내 당시, 그러니까 1928년 전후의 R의 모습을 묘사한 대목을 찾아보았다. 1930년 5월 13일, 부산 동래 시댁에서 넷째를 낳고 어린 아이들과 시가붙이들 속에서 시집살이를 혹독하게 할 무렵 미전(美展)을 앞두고 서울에 잠시 올라왔을 때 《매일신보》에 소개된 그녀는 이러했다. "아직도 이십 전후의 신진들과 달리 검박하게 채린 몸맵시하며 윤곽이 얼굴에는 어디라 없이 사람으로서는 어쩔 수 없는 세월의 자취가 흘렀다."

한 달 후인 1930년 6월 6일, 이혼 육 개월 전, 《매일신보》 기자는 R을 탐방하는 글에서 비교적 자세히 그녀의 모습을 묘사했다. "방에서 바느질을 하고 있던 그는 기자가 방문하였다는 소리에 나와 맞아주었다. 얼굴…… 눈…… 코…… 입…… 몸…… 내가 상상한 그와는 조금도 같지 않았다. 하여간 내가 상상한 것보다는 더 한층 진중하고, 또 부드러우며 애정이 있었다. 어디인지 말할 수 없이 따뜻한 곳이 있었다. 겉으로는 아무 재미가 없는 듯하면서도 깊이 들어갈수록 새록새록 재미있는 그이었다. 그 풀린 듯하면서도 정기가 흐르는 눈은 여류작가로, 또 화가로, 가정주부로의 모든 수완과 재질이 있다는 것을 말하는 듯하였다."

이들이 묘사한 바는 일찍부터 일거수일투족이 언론의 스포트라이트를 받아온 R의 대외용 포즈의 단면일 것이었다. 당시 당대 최고의 리얼리스트 염상섭도 그즈음 R을 만났다. R의 요구로 조선미술전람회장에서 우연을 가장해 만났는데, 이혼 문제와 여론에 대해 염상섭의 의견을 듣고 의논을 하고자 했던 R의 본뜻을 모른 채 염상섭은 R이 처한 고립 상태를 그저 수수방관할 뿐이었다. 그는 적색(赤色) 계열의 신문에서 상투적인 수단으로 폭로 기사를 발표하여 파리에서 일어난 N(최린을 가리킴)과의 사건이 알려진 뒤에야 비로소 R의 심정을 짐작할 수 있었음을 소설 『추도』에서 안타깝게 술회했다.

"어쩌면 고립 상태에 빠진 그때 처지로 나에게서 위안의 말을 듣고 싶었던지도 몰랐다. 그러나 감감히 소식을 모르는 나는 일향 통치 않는 벽창호요 적극적으로 묻고 나서지도 않으니, 무에 신신한 이야기라고 제풀에 발설한 수도 없어서 S(R을 가리킴) 여사는 얼마쯤 실망한 듯이 나의 얼굴만 치어다보는 것이었다.”

R은 왜 「자화상」을 그리게 된 것일까. R이 도쿄사립 여자미술학교 유학생이었다고는 하나 결혼 전까지 R의 활동은 그림보다는 문학에서 더 두드러졌다. 결혼 일 년 후인 1921년 3월 국내에선 처음으로 개인 양화전을 열었고, 이후 남편의 임지인 만주 단동으로 옮겨 가 부영사 부인으로 활동하며 육아와 그림 작업을 게을리 하지 않았다. 그 결과 1922년부터 1927년까지 매해 조선미술전람회에 출품해 입선과 특선을 거듭함으로써 화가로서의 입지를 굳히게 되었다. 그러나 그때까지 R이 주력한 화풍은 풍경화였다. 그런 R이 자화상을 그렸다. 파리에서 돌아와 최린과의 부적절한 관계가 문제가 되어 결혼 생활이 파경에 이르면서 괴로운 심사로 붓을 들었을 거라는 설에 기댄다 하더라도, 자화상의 밑그림은 파리에서 그려졌을 거라는 생각이 들었다. 1929년 8월 구미 만유 후의 근황을 인터뷰하기 위해 부산에 내려온 《별건곤》의 차상찬 기자에게 R이 벽장문을 열어

보여준 바에 의하면 R은 밑그림으로 칠팔십 점을 그려 온 것으로 되어 있었다. 왜 R이 자화상을 그렸는지, 그것을 그리기 시작한 것은 언제인지를 곰곰이 유추해 보다가 R의 소설 「경희」에 생각이 미쳤다. 나는 전에 「자화상」과 같은 이유로 「경희」를 두고 그 작업 동기와 시기에 골몰했었다. 「경희」는 첫사랑 최승구의 죽음 이후에 쓰인 작품으로 R에게는 자기 구원의 방법으로 선택된 것이라는 결론에 이르렀었다. 작가란 곧 작품으로 가장 내밀한 고백을 하는 종족이 아닌가. 그렇게 보면 「자화상」의 내력이란 새삼 뚜렷해지는 것이 아닌가. 잔잔한 호수에 비친 먹구름을 화폭에 담는 심정으로 R은 자신의 몸(얼굴)에 새겨진 (피할 수는 없는) 흔적을 붓으로 그려서 잡아두고 싶었던 것이 아닌가.

우연인지 필연인지 나는 자화상을 그린 여자들과 관계가 깊었다. M을 만나면서 나는 공교롭게도 자화상을 그린 여자들과 계속 연루되고 있었던 것이다. 17세기 최초의 서양화가 아르테미시아 젠틸레스키가 그랬고, R과 동시대의 멕시코 화가 프리다 칼로가 그랬다. 아르테미시아 젠틸레스키는 잘 차려입은 귀족 혹은 자신의 모습을 화폭에 담던 17세기 초상화의 관행과는 달리 혼신의 힘으로 작업에 열중하느라 머리도 옷도 흐트러진 자신의 모습을 모델로 등장시켜 당시로서는 파격적인 연출을 선보였는데, 혹자는 그것을 두고 초상화의 혁명이라 평하기도 했다. 프리다 칼로는 어떤가. 섹스 기계나 다름없었던 남편 돈 디에고 때문에 극한 고통에 처할 때마다 처절한 상태를 자화상으로 그림으로써 자화상만으로 연대기를 작성하고 있었다. 그녀들에 비해 R은 처음이자 마지막으로 자기 얼굴을 그렸다. 나는 루오의 예수 얼굴과 마티스의 부인 초상을 덮었다. R의 「자화상」은 그림 자체를 은유한 아르테미시아의 초상과 불행 자체를 잔혹하게 새겨놓은 칼로의 초상과 나란히 놓여야 했다.

소르본 대학의 지붕 너머로 구름이 밀려가고 있었다. 광장에서 누군가 마른 빵 조각을 뿌리고 있는지 지붕에 앉았던 비둘기들이 깃털을 날리며 광장 아래쪽으로 화급히 날아 내려갔다. 배가 고팠다. 「자화상」을 침대 위에 펼쳐놓은 채 호텔 방을 나왔다.

3

좀처럼 시계 바늘에 빛이 와 닿지 않았다. 구름이

많은 탓도 있었지만, 그 앞에 멈춰 서는 사람들 그림자 탓도 있었다. 이유항에게 메모를 남기기 위해 블루 노트로 가다가 옆에 있는 클뤼니 중세 박물관 뜰로 들어갔다. 생미셸 대로를 오갈 때는 그 앞을 지나가야 했는데, 서울로 돌아가기 전에 전시관을 둘러볼 셈이었다. 호텔 방의 벽과 호텔의 동굴식 레스토랑은 허물어진 벽을 그대로 간직하고 있는 클뤼니 박물관의 벽에서 이미지를 따온 것 같았다. 클뤼니 박물관은 천 년의 역사를 가진 중세의 목욕장 유적지이자 수도원 유적지로 그곳을 중심으로 이 일대가 파리에서도 가장 유서 깊은 라틴 구역을 형성하고 있었다. R이 파리 시절에 그린 작품으로 가장 손꼽는 것이 「정원」인데, 바로 이 클뤼니 중세 박물관 정원을 그린 것이다. R은 호텔에 묵으면서 자주 화구를 들고 그 정원에 들렀던 모양이다. 그곳에 진열된 정조대가 매우 괴이쩍었던지 "여자의 허리띠"로 "남자가 전쟁 출정시 음문(陰門)에 정(錠)을 끼워 채워놓았었다."는 소개까지 곁들이기도 했다. 클뤼니 중세 박물관은 원래 로마 통치기의 흔적으로 그들의 목욕 문화를 재현한 궁정 목욕장이었다.

안뜰에 고풍스러운 우물이 하나 있었다. 우물 옆에서 벽에 새겨진 해시계를 바라보며 R의 행동반경을 더

듬고 있던 중 셀렉트 호텔의 소재에 관한 의문이 풀렸다. 직감이 맞았다. R이 클뤼니 박물관을 기술했던 대목이 홀연히 떠오른 것이다.

"내가 머물고 있던 호텔 근처에 담 한쪽만 남고 기와지붕 한 귀퉁이만 남은 천 년 전 건물 궁전이 있다."

R이 머물렀던 셀렉트 호텔은 그러니까 내가 묵고 있는 바로 그 호텔이었다. 나는 그 사실을 깨닫고는 이제야 R을 제대로 찾은 듯 가벼운 희열까지 느꼈다. 광장을 가로질러 호텔로 들어가는 R의 뒷모습을 설정해 놓고는 최린과의 관계가 탐탁지 않아 낭패스러워 했던 것을 어떤 식으로든 풀어낼 수 있을 것 같았다.

박물관에 들어갔으나 즉흥적으로 들른 탓에 스물세 개나 되는 유물실을 일일이 뜯어볼 여유가 없었다. 아니 그보다는 어서 호텔로 들어가 시나리오를 다시 시작할 생각뿐이었다. 클뤼니의 보물로 알려진 「여인과 일각수」라는 거대한 태피스트리 작품 앞에 잠시 머문 뒤 서둘러 박물관을 빠져나왔다.

파리의 가을 하늘은 도무지 종잡을 수 없었다. 해시계 앞에 있을 때까지만 해도 빛을 기대할 수 없는 음울한 하늘이었는데, 박물관 안에 들어갔다 나오니 주황색 기와지붕과 처마 밑으로 환하게 빛이 들기 시작했다.

곧장 블루 노트로 향했다.

  마다가스카르에서 쓴다. 일주일 전에 탄자니아에서 배를 타고 이 섬으로 왔다. 아프리카 남동쪽 인도양에 떠 있는 이곳은 섬이라고는 하지만 남한보다 여섯 배나 크고 자연 경관은 경이 그 자체다. 평야도 있고 협곡도 있고 붉은 흙의 고원도 있고 무엇보다도 깊은 바다가 사방으로 펼쳐져 있다. 미안하지만, 나는 이곳에 와서 자유로워졌다. 오직 바람과 대양과 햇빛에 나를 맡기고 있다. 해가 지고 숙소로 돌아와 거울을 보면 낯선 사내가 나를 바라보고 있다. 이런 나를 너는 알아보지 못할지도 모른다는 생각을 했다. 거리 때문일까. 백 일이 안 되는 시간이 흘렀을 뿐인데, 백 년의 세월이 흐른 것처럼 네가 있는 그곳이 아득하기만 하다. 너를 떠나면서 널 너무 오래 괴롭혔다는 자책감에 내내 시달렸는데, 이곳에 와서는 그 고통마저도 그리운 것이 되었다. 여기는 11월부터 우기라는데, 올해는 보름 일찍 시작되어 어제부터 비가 내리고 있다. 너는 비 내리는 가을을 좋아했었지. 느티나무 아래에서 빗소리를 듣는 것을 좋아했었지. 그러면서 비가 갠 다음 날이면 그 비에 나뭇잎이 몽땅 떨어져버린 것을 아쉬워했었지. 여긴, 느티나무가 없다. 가을이 없다. 그러니 낙엽 같은 것도 없다. 울창한 여름 나무들뿐

160

이다. 너와 내가 살고 있는 세상이 이렇게 다르다는 것을
비에 젖는 나무들을 바라보며 사무치게 깨달았다. 며칠 전
고원에서 돌아오면서 호랑이꼬리여우원숭이라는 녀석을 보
았다. 세상 어디에도 없고 오직 이곳에만 산다고 한다. 알
록달록 멋진 옷을 입은 그 녀석들을 보며 왠지 웃음을 참지
못했다. 그리고 끝내 외로움을 느꼈다. 나를 용서해라, 멀
리 있다는 이유로 이렇게 너를 불러볼 수도 있구나……

안타나나리보에서, M.

　새벽 내내 M을 부른 꿈이 마술을 부린 것일까. 이유
항에게 메일을 쓰려고 메신저 창을 열면서, 어쩌면 M
에게서 소식이 와 있을 거라는 기대를 하면서도 한편으
로는 열리는 순간까지 공연한 기다림이라 체념했었다.
그런데 받은 편지함에서 제일 먼저 M의 이름이 눈에
띄자 눈물이 핑 돌았다. 겨우 아물었던 가슴속 상처가
뜯기는 것처럼 예리하게 화끈거렸다. 컴퓨터를 켜면서
이유항에게 나, 여기, 파리에 있다, 고 쓰려고 마음먹
었었다. 그런데 M의 편지를 읽고 나자 전신 마비가 온
듯 손가락을 움직일 수 없었다.
　컴퓨터 앞에서 멍하니 앉아 있자 흑인 청년이 다가
와 무슨 문제가 있느냐고 물었다. 카운터 쪽에 대기 손

님들이 배낭을 멘 채 서 있었다. 나는 보다시피 편지를
쓰는 중이라고 대답을 하고 이유항의 주소창을 클릭했
다. 박윤식과 여하연에게도 간단하게 미루었던 답장을
하고 카페를 나와 센 강 쪽으로 향했다.

강변길 수북이 플라타너스 잎들이 떨어져 부는 바람
결 따라 이리 쏠리고 저리 뒹굴고 있었다. 두터운 터틀
넥 스웨터를 버버리 코트 속에 껴입은 파리 사람들이
고개를 숙인 채 낙엽을 밟으며 굳은 얼굴로 강둑길을
걸어갔다. 파리는 가을이라기보다 이미 겨울이었다.

4

무프타르의 밤이 깊었다. 새벽 한 시가 지난 시각임
에도 재즈 카페 블루 노트는 초저녁 분위기였다. 이유
항은 또 한 번 나를 놀라게 했다. 대천 해수욕장에서
해를 등지고 묵묵히 물고기를 잡아다 준 남자와 포스코
빌딩의 스카이라운지에 나타난 말쑥한 차림새의 남자
와 파리 무프타르 골목의 재즈 카페에서 마주 앉은 남
자는 각각 다른 사람 같았다.

모처럼 아침 일찍 호텔을 나서서 이유항에게 메일을

보내고 루브르 미술관에 가서 하루를 보내고 호텔로 돌아오는 길이었다. 너무 많은 유화 그림들을 보아서인지, 눈이 극도로 피로했고 멀미하듯 구토가 일어 호텔로 돌아와 쉬려고 했다. 클뤼니 라 소르본 지하철역에서 내린 뒤 팡테옹 언덕을 천천히 걸어 올라 소르본 광장에 이르자 대학출판부 서점 앞에서 발길이 멈춰졌다. 쇼윈도에 전시된 책들을 들여다보고 있는데 누가 등을 톡톡 두드렸다.

"조르주 상드를 찾으십니까?"

뒤를 돌아보려는 찰나 내가 서 있는 쇼윈도 유리창에 이유항의 모습이 비쳐 보였다. 이유항은 손을 거수 경례하듯 머리에 갖다 붙이고는 소리 없이 크게 웃고 있었고, 나는 돌아볼 생각도 하지 않고 유리에 비친 그의 모습을 어정쩡한 표정으로 바라보고만 있었다. 그러자 그가 내 어깨를 감싸 자기 쪽으로 돌려세우며 가볍게 포옹했다. 그러고는 한손에 들고 있던 『조르주 상드』를 내 앞에 내밀었다.

"여기 있습니다."

마치 거기에서 만나자고 약속이라도 한 듯이 그는 나에게 왔고 나는 파리에서의 마지막 밤을 그와 함께 보내고 있는 것이었다.

“저 만난 것 반갑지 않았어요? 가은 씨는 사람을 놀라게 만드는 재주가 있는 것 같아요. 아직도 꿈인지 생시인지 분간이 안 가요. 허벅지라도 꼬집어봐야겠어요. 가은 씨, 여기 좀 꼬집어보세요.”

파리라는 장소 때문인지 농담에 애교까지 부리며 바짝 흘겨보는 이유항이 몹시 사랑스러워 보였다.

“누가 할 소린지 모르겠네요. 유항 씨야말로 제 그림자만 밟고 다니는 사람 같은걸요.”

“아이쿠, 이렇게 빨리 정체가 밝혀질 줄 몰랐는데요?”

이유항과 앉아 와인을 마시고 있는 곳은 셀렉트 호텔에서 지척에 있는 무프타르 골목의 블루 노트라는 유명한 재즈 클럽이었다. 이유항이 내게 이메일을 보낸 곳도 블루 노트였고, 내가 M의 메일을 읽은 것도 블루 노트였다.

그리고 이유항으로 하여금 나를 찾아오도록 만든 곳도 블루 노트였다. 내가 요즘 블루 노트가 나에게 마술을 건다고 농담 삼아 말하자, 이유항이 내 손을 잡아끌고 데리고 간 곳이 무프타르의 재즈 클럽 블루 노트였다. 나는 이유항에게 상드와 뮈세의 영화 「세기의 아이들」 말고 상드와 쇼팽의 영화 「블루 노트」를 보았느냐고 물었다. 이유항은 대번에 그것은 상드와 쇼팽의 영화가 아니라 쇼팽의 영화 속 상드라고 고쳐 말하며 장난스럽게 어깨를 으쓱했다. 나는 이유항의 꾸밈없는 성격에서 나오는 재치와 유머가 싫지 않았다. 도무지 이유항을 좋아하지 않을 도리가 없었다. 그러나 오히려 그 점이 이유항에게 선뜻 다가갈 수 없게 만들고 있음도 부인할 수 없었다.

"이유항 씨 참 순진한 거 알아요? 영화 한 편에 아직도 사랑이 어쩌구 영혼이 저쩌구. 전 그런 거 안 믿어요, 사랑 같은 건 아예……."

"제 말이 유치하다는 거죠? 그래도 전 사랑하고 살겠습니다. 아니 살고 싶습니다. 그런데 가은 씨가 그러면 전 어쩌란 말입니까? 아버님도 돌아가시고 어머님은 그 옛날에 돌아가시고 하느님도 돌아가시고 성모님도 그 옛날에 돌아가시고 이모님 고모님 할머님까지 다들 돌아가시고 제가 믿을 거라고는 사랑밖에 없는데, 어쩌냐구요, 가은 씨, 네?"

이유항은 여전히 짓궂게 말하고는 유쾌하게 웃었지만 웃음 끝에 어색한 눈길이 느껴졌다. 그의 눈자위가 붉어졌고, 그의 입술이 내 볼 가까이 다가와 있었다.

"상드를 핑계로 가은 씨에게 어리광을 부려본 거예요. 그래도 되잖아요, 우리……."

우리라는 말에 실린 목소리의 여운이 내 귓불을 자극했다. 조금 전까지만 해도 어쿠스틱 기타로 라틴 록이 연주되고 있었는데, 어느 틈에 분위기가 확 바뀌어 살사 리듬이 클럽 안을 뒤흔들고 있었다. 나는 고개를 치켜들며 이유항에게 돌렸다. 그의 숨결이 가깝게 느껴졌다. 해를 등지고 물고기를 잡아다 준 남자. 나는 그를 믿을 수 있었다. 그래서 그에게 마다가스카르를 아느냐고 묻고 싶었다. 당장이라도 마다가스카르로 떠나고 싶다고 고백하고 싶었다. 그러나 나는 입술만 달싹일 뿐 입을 열지 못했다.

이유항이 떨리는 내 입술에 가볍게 키스를 했다. 나는 그의 입술을 거부하지 않았다. 그렇다고 받아들이지도 않았다. 다만 가만히 있었다. 이유항도 그대로 있었다. 내가 입을 떼지 않으면 밤새도록이라도 그렇게 있을 것 같았다. 내가 기분 나쁘지 않게 코웃음을 지으며 자연스럽게 그의 입술로부터 입을 떼냈다. 그러고는 흔들리는 기색을 보이지 않으려고 안간힘을 쓰면서 자리에서 일어섰다.

"유항 씨, 저두 어리광 좀 부려볼까요? 전 말이죠, 여자들이 정말 싫어요."

클럽 안의 몇몇이 일어나 춤을 추고 있었다. 구석에

서는 한 쌍의 남녀가 제법 능숙한 솜씨로 살사 댄스를
추고 있었고, 클럽 안 사람들은 점점 그들에게 시선을
집중시켰다. 이유항이 따라 일어서며 나에게 손을 내밀
었고, 나는 그의 손을 잡았다. 손힘이 셌고, 손바닥이
따스했다. 살사 리듬이 격렬해지자 한 쌍의 남녀가 미
끄러지듯 화끈하게 서로를 잡아끌며 몸을 놀렸다.

"여자들이라구요?"

"네, 여자들이요. 상드 같은 여자, 칼로 같은 여자,
아르테미시아 같은 여자!"

"미안하지만, 전 상드밖에는 잘 몰라요, 칼로는 한
두 번 들어본 것도 같구요, 하지만 마지막 여자는 한번
도 들어본 적 없는 사람 같아요. 그녀들이 어떤데요?"

나는 클럽 밖으로 뛰쳐나왔다. 속이 뒤집힐 것 같았
다. 자리에서 일어났던 것은 춤을 추기 위해서가 아니
었다. 이유항이 춤을 추려다가 허겁지겁 뒤따라 나와
내 팔을 잡았다. 골목 안 어둠이 하얀 입김에 떠밀려
공중으로 올라갔다. 클럽에서 나온 남녀가 어깨를 맞댄
채 언덕 쪽으로 걸어 올라갔다. 나는 그의 손을 뿌리치
며 냉소하듯 거칠게 내뱉었다.

"자화상을 그리는 여자들이요."

동冬
―한 사람을 사랑했네

1

11월 들어 자주 비가 내렸다. 비가 개면 추워지려나
지레 움츠렸다가도 아지랑이처럼 피어오르는 겨울 안
개로 이내 몸이 나른해졌다. 파리에서 귀국하면서 곧바
로 수덕사로 달려갈 작정이었다. 페르라셰즈 묘지에서
고암 이응로의 무덤을 찾은 탓인지, 파리를 떠나던 날
어스름 새벽, 스산한 어둠 속에 반딧불처럼 빛나던 수
덕 여관의 네온 불빛이 홀연히 뇌리에서 살아났었다.
그 전경, 그 불빛을 나는 직접 본 적이 없었다. 수덕
여관을 찍은 많은 사진들 중 R의 평전『인간으로 살고
싶다』에서 본 풍경이었다. 이상하게도 그 사진은 마치

내가 직접 목격했던 장면처럼 내 의식 깊숙이 밀착되어 있었다. 일엽편주처럼 세상을 떠돌기 시작할 무렵 심신이 피폐해진 R을 찾아와 선배 화가로 섬기며 화업(畵業)을 북돋아주던 청년이 고암이었다.

파리에서 하루를 같이 보낸 이유항은 일정대로 서울에 돌아가서는 매일 나에게 국제 전화를 해왔다. 내가 귀국하면 시간을 내어 대천 해수욕장에 함께 가자고 제의했고, 나는 대천에서 멀지 않은 수덕사를 생각했다. 비행기에서 내리면서 나는 이유항에게 가능하면 내일 대천에 가지 않겠느냐고 말하려고 했었다. 돌아오는 길에 수덕사에 들를 수 있으리란 기대 때문이었다. 고암이 그곳 바위에 새겨놓았다던 문자 추상화를 직접 보고 손으로 만져보고 싶었다. 셀렉트 호텔 이후 남편 김우영에게 이혼당하고 최린에게 외면당한 R이 충격과 절망으로 비틀어진 몸을 뉘었던 여관에 들고 싶었다. 그런데 수덕사행은 비행기에서 내리자마자 물거품이 되고 말았다.

뜻밖에도 박윤식이 인천 공항으로 마중 나와 있었다. 박은 나를 발견하자마자 그와 몇 발짝 뒤떨어져 나를 향해 걸어오던 이유항을 모른 척 따돌리며 나를 납치하다시피 차에 태웠다. 강남에 있는 인터콘티넨털 호텔로 직행한다고 했다. 졸지에 나를 빼앗긴 이유항은 박윤식에게 떠밀려 어리둥절한 표정을 감추지 못한 채 어설프게 나와 헤어졌다.

영종대교를 건널 때 석양이 핏덩이처럼 일렁거렸다. 하늘이며 바다며 붉은 해초가 엉겨 붙은 검붉은 갯벌이며 대교 난간이며 온통 핏빛이었다. 뒤따라온 이유항의 자동차가 박윤식의 차와 앞서거니 뒤서거니 경쟁하듯 속도를 냈다. 이유항의 얼굴을 보려고 언뜻언뜻 자동차 쪽으로 고개를 돌렸다. 이유항은 한쪽 팔로 턱을 괸 채 생각에 잠겨 운전을 하다가 작정한 듯 무섭게 속도를 내곤 사라져버렸다.

공항 게이트가 열리고 박윤식이 눈에 띄었을 때 나는 깜짝 놀란 동시에 순간적으로 M을 찾았었다. 마다가스카르에 가 있는 그가 그 자리에 나와 있을 리 없었지만 놀란 가슴은 공항을 다 빠져나올 때까지 진정되지 않았다.

"일주일 예정으로 간다더니, 이십 일 동안이나 파리에서 뭐 했어?"

"아예 눌러앉아 살아볼까, 궁리하다 왔죠, 뭐."

"파리가 좋아? 사흘 지나니깐 난 놀고먹으래도 달갑

지 않을 것 같던데……."

"그야 파리에는 밥이 없으니까요."

"하긴 이젠 사랑 없이는 살아도 밥 없이는 못 살지."

"맨날 첫사랑 계집애를 찾으실 때는 언제구요?"

"첫사랑도 사랑인가? 다시 생각해 봐야겠다, 첫사랑은 사랑인가!"

"제가 없는 사이 무슨 일 있으셨어요?"

"있었지!"

"네?"

"어제 다큐멘터리 편집 마쳤지!"

"정말 무슨 일 있으시군요?"

"응, 정말, 평이 그럭저럭 괜찮아. 당신, 고집은 알아줘야 한다고 봐!"

박윤식이 계속 내 말을 장난스럽게 받다가 너털웃음을 지었다. 나를 당신이라고 부르는 호칭이 새삼 듣기 좋았다. 처음 만났을 때 대뜸 당신이라고 불리는 것이 어색하기만 했는데 이제는 말꼬리를 툭툭 놓는 그의 경쾌한 말투까지 익숙하고 정감이 있었다.

"이젠 영화야! 이번엔 달라. 당신 고집도 그렇고 시간도 안 된다구."

박윤식이 공항까지 나와 나를 눈 빠지게 기다린 것

은 그의 영화, 그러니까 그가 나에게 시나리오를 의뢰한 R의 영화 제작자가 바짝 의욕을 보이며 제일선으로 나섰기 때문이었다. 작품성과 흥행성을 겸비한 대작 위주의 제작사 마이더스 홍찬수 대표가 박윤식의 수원고 선배라는 사실은 그간 박에게 귀가 닳도록 들어왔다. 그러나 둘의 관계가 얼마나 믿을 만한지, 제작 가능성은 얼마나 확실한지 알 수 없었다. 영화판에 있는 사람들의 말만 믿고 시나리오 작업에 합류했다가 시간과 정력만 낭비한 채 지리멸렬하게 흩어진 사람이 한둘이 아니었다.

"나에겐 처음이자 마지막 기회야. 당신, 무조건 날 따라와 줘야 한다구."

차가 톨게이트에서 잠깐 멈춰 섰을 때 박윤식이 가방에서 영화 잡지 《필름-인》을 꺼내 던져주었다. 펼쳐진 페이지를 보니 현재 박스 오피스 흥행 1위를 달리는 영화의 제작사이며 마이더스와 라이벌 관계인 씨네몽드에서 1920년대 거리의 꽃인 기생과 여학생을 내세워 한국의 근대 연애사를 복원한다는 기사가 실려 있었다. '꿀 타임스 뻴 타임스.' 영화 제목이 눈에 번쩍 띄었다. Good times Bad times? 그것은 내가 고교 때부터 가장 숭배해 온 1970년대 전설적인 록 그룹 레드 제플린의 히트곡 중 하나였다. 1920년대의 연애와 1970년대의 록 음악이 하나의 제목으로 통합될 수 있을지 의문이었다. 긴 비행시간으로 컨디션은 엉망이었고, 눈은 안구 건조증으로 아리고 뻑뻑했다.

기사를 읽는 둥 마는 둥 눈을 슬그머니 감은 채 소르본 광장 셀렉트 호텔의 R과 이런저런 연결 고리들을 찾아보려고 했다. 어둠 속 광장 포석을 밟으며 호텔로 진입하는 R의 매혹적인 뒷모습이 어른거렸다. 그리고 소르본 지붕을 두드리며 날아오르던 한 마리 새의 날갯짓을 따라 레드 제플린의 「스테어웨이 투 헤븐(Stairway to heaven)」의 전주 기타 사운드가 천천히 울려 퍼졌다.

올림픽대로로 들어서면서 박윤식이 시간을 확인하고는 속력을 냈다. 이유항의 차는 시야에서 사라진 지 오래였다. 핸드폰을 꺼내 전원을 넣자 이유항으로부터 문자 메시지가 들어왔다. '내일, 대천에 갑시다!' 내가 좋아요, 라고 답장을 쓰려는데 박윤식이 더 속력을 올리며 큰 소리로 물었다.

"강명화 알지? 거 왜, 절세미인 자살 기생!"

거세게 내달리는 자동차 굉음에 미간을 찌푸리며 나는 핸드폰 폴더를 닫았다.

"아, 알죠. 현해탄에서 유부남 김우진과 투신자살한

도쿄 유학생 출신 윤심덕과 함께 1920년대 연애 사건의 뜨거운 감자였죠. 강명화의 죽음을 그린 소설들이 종로 야시장에서 베스트셀러로 불티나게 팔려나갔다고 하죠? R도 정월이란 필명으로 '강명화의 자살에 대하여' 란 시론을 동아일보에 쓰기도 했고요."

"그래? 우리의 R 여사도 한마디 했어? 뭐라고?"

"한마디가 아니라 길고 매우 곡진한 글이었죠. 강명화 사건 이전부터 R은 기생에 주목했었잖아요. 조선 여자 중에 연애를 할 줄 아는 존재는 기생밖에 없다라고요."

"기생과 연애라…… 20세기 연애론의 시작인가? 여학생은 어디로 가고?"

"여학생 사회는 이성에 대한 교제 경험이 너무 없고 다만 그 이성 간에 있는 불가사의한 본능만으로 무의식적으로 이성에게 접할 수 있으나 기생 사회는 이성 교제의 충분한 경험으로 상대를 판단할 만한 판단력이 있고 그중 한 사람을 좋아할 만한 기회가 있기 때문에 여학생 사회의 사랑은 피동적이고 일시적인 반면, 기생 사회의 사랑은 자동적이고 영속적일 거라고요. 그런 연유로 조선 사회에서 진정한 사랑을 할 줄 알고 줄 줄 아는 이는 기생 아니고는 없다고 말하기까지 했어요.

그러므로 뭇 이성들 속에서 다가온 것이니 장병천을 향한 강명화의 감정은 진정 처음 느끼는 사랑임을 믿는다라구요."

"R이 결국 자기 얘기를 한 것이로군!"

"기생 신분이었던 강명화와는 반대로 부잣집 딸로 진명학교 수석 졸업에 도쿄 유학, 최초의 여성 서양화가, 최초의 서양화전 개최 등 최상류 사회의 일원으로 한 몸에 스포트라이트를 받고 있었지만 R 역시 한때 사랑에 관한 한 강명화와 동일한 경험을 했다고 봐야죠."

"유부남 최승구. 말하고 보니 산뜻하지 않군!"

"최승구의 요절로 그들의 사랑의 세속적 관계는 정리되었지만 만약 최승구가 더 오래 살았다면 문제는 달라졌겠죠. 도쿄에서 최승구의 병을 악화시킨 것은 곤궁한 환경에서 오는 불안 때문이기도 했지만 고국에 아내가 있는 몸으로 R과 약혼 관계를 맺고 있는 데서 오는 사랑과 번민이 절대적인 요인이 된 거구요. 거꾸로 최승구가 앓은 번민은 R의 것이기도 했구요. 첫사랑 최승구가 죽고 나서 R은 끊임없이 자기 정체성을 문제 삼게 되지요. 예술가인 동시에 사상가였기 때문에 식민지 신여성인 자신과 바로 그 식민지 시대 자체의 문제에 민감했던 거죠."

당시 R과 같은 신여성의 눈에 여성이란 통일된 하나의 존재가 아니라 세 가지 종류로 분열되어 있었다. 구여성과 기생과 신여성. 새로운 문화적 코드로 등장한 여학생과 모던 걸이 모두 신여성에 해당됐다. 결혼 제도에서 신여성의 라이벌이 구여성이라면, 사랑에서는 기생이었다.

"적령기의 여학생이 결혼하려고 보면 상대 남학생은 열이면 열 이미 아이가 두셋 딸린 유부남이었잖아요. 밖으로 나가볼까요? 거리를 활보하는 여자들의 반은 기생이고 반은 여학생이던 시절, 상대 남자들은 어린 유부남이거나 지긋한 중년남이니 그 둘의 발걸음에 여학생은 정신이 막막하다 못해 아득해질 뿐이죠."

"듣다 보니 그 시절 남자로 태어나지 않은 게 억울하네!"

"그런 것만은 아니에요. 남편과 아내가 역전되는 시기가 곧 당도하니까요. 모던 걸, 소위 문화를 향유할 줄 아는 신여성 아내를 맞아들여 그 뒤를 대느라 공장에서 허리 펼 날 없는 남자들도 부지기수였다니까요. 얘기하자면 그쪽도 만만치 않아요."

"그때나 이제나 저널은 스타 만들기 속성상 그렇다 치

고 R까지 강명화를 동정하고 나섰다는 것이 흥미롭군!"

"동정만은 아니구요, 그야말로 한마디 비판을 하죠. 자발적인 글이 아니라 신문사의 시의성 청탁 아래 쓴 글이었을 테니 동정과 비탄, 비판과 계몽이 필요했겠죠."

"뭐라고 비판했는데?"

"새로운 여론을 조장하면서 자기의 사랑을 일체 신성화하려는 허영심이라구요. 유행하는 신식 신사상에 물들었다는 비난을 면키 어렵다고요. 그런데……."

"그런데?"

"R은 당시 결혼 삼 년 차로 첫딸 나열을 낳았고, 남편 김우영을 따라 만주 단동에 옮겨 가 살고 있을 때죠. 강명화가 숨을 거두기까지 시간을 재어보면서 그 고통에 공감하는 부분을 읽다 보면 확실히 R이 최승구를 생각하며 이 글을 썼구나라고 느껴져요. 도쿄에서 고흥까지 찾아가 사별을 받아들여야 했을 때의 그 낯설고 두려웠던 고통이 생생하게 전해지는 거죠."

"당신이 너무 이입된 거 아니구?"

"글쎄요. 최승구의 죽음 직전, 그러니까 고흥에서의 마지막 순간에 대한 R의 육성이 미진하다는 아쉬움 때문이겠죠. 그런데 강명화는 왜……?"

“꼳 타임스 뺀 타임스가 바로 강명화와 윤심덕에 관한 애기라잖아, 거기 읽어보면…… 응?”

박윤식이 눈으로 슬쩍 내 무릎 위에 펼쳐져 있는 기사를 가리켰고, 나는 자세를 바로 하며 그것을 눈 가까이 끌어다 읽었다.

“아, 그렇군요. 장기효 감독이 어떤 스타일을 취할지 궁금하네요. 지난번 장 감독의 ‘홍도야, 홍도야’는 리얼리즘 문법에 신파를 녹여내면서 기묘하게 컬트적인 요소를 접합한 보기 드문 영화였는데……. 그런데 강명화 애화(哀話)는 허구라는 것 아세요?”

“허구? 장안의 베스트셀러였다며.”

“요즘 말로 하면 신문과 소설이 짜고 띄운 베스트셀러였던 거죠.”

“하긴, 당시 신문 문화면이란 곧 문학, 권력이었지. 지금 건너다보면 격세지감이 느껴져, 안 그래? 그건 그렇고, 짜고 치는 그 유명짜한 스토리나 계속 들어보자구.”

“소설, 아니 신문은 이렇게 전하죠. 강명화가 애인 장병천에게 처음으로 부탁을 합니다. 옷과 구두를 사줄 것과 온천으로 여행을 가달라고요. 아무것도 모르는 장가는 강에게 옷과 구두를 사주고 온천으로 데려가는데,

178

강은 그날 오전 쥐약을 먹고 사경을 헤매다 다음 날 저녁이 되어서야 애인의 품에서 숨을 거두죠.”

“보바리 부인인가? 그 영화 마지막 장면 비슷하기도 하네. 왜 엠마가 비소를 먹고 죽어가는 처절한 장면…….”

“그뿐이겠어요? 강명화 실기를 보면 알렉상드르 뒤마의 라 트라비아타를 많이 떠올리게 되죠.”

“우리에게는 춘희로 더 잘 알려져 있지, 아마?”

“부잣집 아들 아르망 뒤발과 파리의 고급 매춘녀 마르그리트 고티에의 이루어질 수 없는 사랑. 강명화 애화와 보바리 부인, 라 트라비아타는 모두 실화를 바탕으로 한 작품들로 사회적으로 문제를 야기하면서 커다란 반향을 일으켰다는 공통점이 있죠. 지금 젊은 연인들에게 이삼십 년 전 유신 시대, 오륙 공화국 시대의 사랑은 신파라죠? 그러면 저널과 소설이 띄운 신파 중의 신파 강명화와 장병천의 사랑은 어떻게 비칠지 기대되네요.”

파리행 비행기에 오를 때 R의 책들과 함께 1920년대를 연애로 풀어낸 여성 소장파 국문학자 권보드레의 『연애의 시대』를 가방에 넣고 갔었다. 그 책의 강명화 편에 따르면 순결한 사랑의 희생양 강명화와 장병천이야말로 일찍이 일본에서부터 조선인의 명예를 더럽힌 매음녀 부랑아로 지탄의 대상이었으나 신문과 소설이 비극적 사랑의 주인공들에 관심을 쏟으면서 성화(聖化)된 면이 크다고 보았다. 권보드레는 강명화 사건을 통해 1920년대 대중적 이미지의 출현을 알리고, 신문과 소설은 그들이 대중적 텍스트로 감지된 이상 그들의 너저분한 현실은 차치하고 강명화의 죽음을 실천적으로 옮기면서 현실의 약점을 끌어올리는, 일종의 허구와 현실의 순환 관계를 구축한 것으로 간파했다.

"좋아, 그 정도라면 막바로 시나리오에 돌입해도 되겠어!"

박윤식의 차가 호텔 입구로 들어서고 있었다. 주차장에 정차하고 나서 박이 신호를 보내듯이 팔을 죽 뻗더니 내 등을 툭툭 두드렸다.

박은 끝내 M에 대해서 언급하지 않았다. 나도 이유항에 대해, 그리고 M의 아내 오현수에 대해 입을 열지 않았다. 극심한 피로 속에서도 강명화 사건을 장황하게 늘어놓은 것은 그들과 무관하지 않았다. 그들은 언제라도 나를 삼켜버릴 함정이었고, 나는 도사린 그 함정을, 피할 수 있다면, 피하고 싶었다.

박윤식은 고층 전용 엘리베이터에 올라타서는 38층

을 누르며 한 달 동안 자기에게 날 저당 잡힌 것으로
알라며 자신만만하게 웃었다. 그는 더 이상 내가 파리
에 가기 전에 보았던 그가 아니었다. 호텔 방에 들어서
니 이미 시나리오 작업 팀이 구성되어 나를 기다리고
있었다.

2

한스 에리히 노삭의 소설 『늦어도 11월에는』은 이렇
게 시작한다. 우리는 잘못하고 있는 거예요.

결국 나는 오현수를 만나고 말았다. 아키코의 말에
의하면 오현수는 내가 파리에 가고 없는 동안 매일 저
녁 프레베르에 와 나를 기다리다 갔다고 했다. 박윤식
에게 잠시 놓여나 집으로 오는 길에 이유항을 만나기
위해 프레베르에 들어섰을 때 나를 기다리는 사람은 이
유항만이 아니었다. 이유항은 늘 같은 자리, 예전에
M이 앉던 자리에 앉아 있었고, 바로 그 등 뒤에 한 여
자가 앉아 있었다. 내가 대천행 불발을 매우 아쉬워하
자 이유항은 오히려 시나리오 작업을 격려하며 후일을

기약했다. 이유항은 화이트 와인을, 나는 아삼 홍차를 마시는 동안 아키코는 이유항의 등 뒤쪽에 혼자 앉아 있는 여자에게 다가가 찻물을 더 원하는지, 누구 기다리는 사람이 있는지 물으며 관심을 보였다. 그럴 때마다 여자는 고개를 저었고, 나는 끝까지 그녀가 누구인지 모른 채 이유항과 프레베르를 나왔다. 집 앞에서 이유항과 헤어지고 계단을 밟는데 오현수로부터 문자 메시지가 들어왔다. 한달음에 프레베르로 달려가 보니 여자가 앉았던 자리에 책 한 권이 놓여 있었다. 늦어도 11월에는.

순간 내가 프레베르에 들어섰을 때 이유항과 동시에 나를 바라보던 여자의 얼굴이 전광석화처럼 떠올랐다. 짧은 커트 머리에 거무스름한 피부였는데, 찰나적으로 마주친 상태에서도 찌르듯 쏘아보던 여자의 시선에 순간 움찔했었다. 무슨 일인가 궁금해서 내 뒤를 따라오던 아키코를 세게 밀치고 밖으로 뛰어나갔지만 오현수의 종적은 묘연했다.

나는 뒤통수를 한 대 세게 얻어맞은 듯 불쾌하고 착잡한 기분에 사로잡혔다. 그러나 오현수를 미워할 수는 없었다. 차라리 오랜 시간 나와 오현수를 어중간하게 묶어놓았던 M이 원망스러울 따름이었다. 여름이고 가

을이고 봄이고 M이 걷던 길을 오현수가 걸어왔다고 생
각하니 같은 길인데도 다른 길처럼 느껴졌다. 집으로
가는 짧은 거리 동안 자주 멈춰 서서 뒤를 돌아보곤
했다.

파리에서 쓴다. 여기로 옮겨 온 지 이틀 됐다. 바로 한
국으로 돌아갈지 다른 데로 갈지 결정되지 않았다. 이곳에
며칠 머무는 동안 향방이 나올 것 같다.

파리, 너는 파리에 가고 싶어 했지. 그래, 그 파리에 나
는 와 있다. 마다가스카르에서 너에게 편지를 쓸 때까지만
해도 기약 없던 일이었다. 너는 어디에 있니?

네 방, 네 침대, 네 얼굴과 네 손가락…… 너는 거기에
있겠지……. 그런데 이상하게도 거기에 있는 네가 느껴지
지 않는다. 오직 가까이, 내 가까이 느껴질 뿐이다. 이곳,
파리 가까이…… 정말 너는 지금 어디에 있니……?

나는 떠난다, 라고 했던가. 네가 처음 날 떠나면서 보냈
던 말, 아프리카에서 파리로 오는 동안 줄곧 생각했다. 떠
날 때가 아니라 돌아가야 할 때 왜 그 말을 붙잡고만 있는
지, 나란 놈, 알다가도 모르겠다.

너에게 편지를 쓸 때, (몇 번이나 쓰고 지웠던지…….)
사실 나는 죽도록 아팠다. 무슨 병인지도 모르고 열기에 휩

싸여 앓았는데, 이렇게 아프다가 죽는 거구나 깨달았다. 연일 헛것과 싸우다 어느 날 아내와 통화를 했다…….

아내가 이혼을 하자고 한다. 아내의 목소리는 덤덤했다. 전화를 끊고 한동안 하늘만 바라보며 멍청히 앉아 있었다. 영원히 발목을 옥죄고 있을 것 같던 쇠사슬에서 풀려나는 꿈을 꾼 것인가……. 눈물이 줄줄 흘러나왔다. 그리고 내가 많이 늙었다는 생각을 했다. 부끄럽다.

파리에서, 너의 M.

파리, 이혼, 눈물, 너의 M……. 이런 글자들만 눈에 잡힐 뿐 편지가 온전히 읽히지 않았다. 마음을 진정하고 천천히 편지를 다시 읽어 내려갔다. 이틀 전 파리에 왔다면, 우리는 파리의 같은 하늘 아래 있었단 말인가? 어쩌면 샤를 드골 공항에서 마주칠 수도 있었단 말인가? 방금 문을 열고 집으로 들어오는 순간까지 나는 이유항의 등 뒤에 앉아 있던 오현수의 뒷모습의 환영에 붙들려 있었다. 그녀가 집 앞에서 나를 기다리고 있을지도 모른다는 생각에 섬뜩해졌었다. 그런데 문을 열고 들어와 겨우 컴퓨터를 열었을 뿐인데 거기에는 엄청난 소식이 기다리고 있었다. 파리와 아프리카와 나와 이유항과 오현수를 일거에 날려버리는 폭발적인 힘, M의 편지가 내장되어 있었던 것이다.

나는 M처럼 한동안 어두운 창밖을 바라보며 앉아 있었다. 나도 모르게 눈물이 주르륵 흘렀다. 거대한 하늘을 떠받들고 있던 두 손을 일순간 놓아버린 기분이 이럴까. 죽을 때까지 등에 짊어지고 산꼭대기로 오르고 또 올라야 했던 바위 덩어리를 영원히 부려놓은 기분이 이럴까.

나는 그의 이혼을 바랐던가? 이혼은 M의 발에 채워진 족쇄를 풀어줄 열쇠임에 틀림없었다. 그러나 그것은 언제 찾아질지 모르는 비현실적인 열쇠였다. 그것을 움켜쥐기 위해 끝없이 번민하고 변명하는 M이 무모하고 애처롭게 보였었다. 그만두라고 말하고 싶었고, 그만두라고 소리쳤었다. 나로 인해 더 이상 M이 망가지는 것을 원치 않았다.

M이 사랑이라고 믿는 것을 나는 인정하지 않았다. 부끄럽다, 는 M의 말을, 그 심정을 나는 받아들일 수가 없었다. 아니 부끄럽다, 는 말 속에 담긴 그의 고단한 여정, 그 끝에 도달한 이혼이라는 한마디 말을 받아들일 수가 없었던 것이다.

파리에 갈 때 나는 그곳이 여기보다 아프리카와 가깝다는 생각을 했었다. 셀렉트 호텔 어두운 방에 홀로 누워 그에게 그렇게 편지를 쓰고 또 썼었다. 그러나 끝내 그에게 편지를 보내지 않고 몽땅 지워버리고 왔다. 더 이상 내 삶에 M을 들이지 않을 결심을 했었다. 그러기에 이유항의 마중을 기대하며 비행기를 탔었다.

그런데 비행기에서 내리자마자 모든 것은 내 뜻대로 되지 않았다. 박윤식은 그렇다 치고, 오현수와 M이라는 함정이 기다리고 있었다. 오현수의 그림자를 뒤쫓다가 컴퓨터 앞에 앉을 때까지 나는 완전히 M을 떠났다는 생각을 했었다. 오현수가 원한다면 확인을 위해 그녀와 만나줄 생각까지 하고 있었다.

오현수가 놓고 간 소설 『늦어도 11월에는』을 집어 들었다. 책을 펼쳐서는 첫 문장에서 한 글자도 더 나아가지지 않았다. 우리는 잘못하고 있는 거예요.

목에 걸린 금 목걸이의 황금 가면, 변화무쌍한 초록 옷의 광택, 앞치마 차림에 흐트러진 머리카락, 팔꿈치까지 걷어 올린 소맷자락……. 1630년에 유화로 그려진 아르테미시아 젠틸레스키의 「자화상」이 수북이 쌓아놓은 화구들과 책 더미 속에서 비죽이 고개를 내밀고 있었다. 그리고 맨 위에는 얄팍한 도록 하나가 올려져 있었는데, 표지에 낯익은 얼굴이 반짝 눈에 띄었다. 신혼

초 남편 김우영과 찍었던 사진 속 R의 얼굴이었다. 나는 그것의 원본을 또렷하게 기억하고 있다. 열정적인 눈을 가진 젊은 아내는 단정히 뒤로 묶은 머리에 한복 차림으로 의자에 앉아 있고, 선량한 미소를 지닌 남편은 아내의 뒤에서 든든한 후견인처럼 서 있었다. 사진 속 R의 모습은 현재 그녀의 일생을 기록한 평전과 그녀의 작품을 모아놓은 전집의 표지로 따로 사용되고 있었다. 나는 일 년 넘게 하루에도 수십 번 평전과 전집에 올라 있는 그 얼굴을 보고 살아왔는데, 그 사진을 볼 때마다 표지에는 없는 그녀 옆 사람을 함께 그려보며 사진의 이율배반적인 속성을 실감하곤 했었다. 카메라 렌즈 앞에서 자리를 정하고 포즈를 취하며 숨을 참고 있는 동안 그들은 십 년 후의 자신들의 모습을 상상이나 했겠는가. 그때는 다시는 나란히 앉고 서서 한곳을 응시할 수 없으리라는 것을. 사진이란 그토록 잔인하고, 그토록 공허한 것이었다.

곽진이 석류를 한 아름 안고 아틀리에로 들어서다가 도록을 내려다보고 있는 나를 향해 물었다.

"R이 제대로 그려진 것 같아?"

"음, 사진을 그렸네? 진짜 사진인 줄 알았어, 첫눈엔!"

실제 모델이 없으니 사진을 그릴 수밖에 없지 않은 가. 그러나 R이 자화상을 남긴 화가이니 그녀를 재현한다면 자화상의 이미지가 더 많은 것을 제시하지 않을까 하는 생각이 들었다.

"매우 사실적이지만 동시에 전혀 사실적이지 않은 것도 같고……."

아니, 사진이든 자화상이든 나는 누군가가 R의 얼굴을 그리리라고는 예상하지 못했었다. 도록 맨 뒤의 화가 프로필을 열어보았다. 내 나이 또래의 이정민이라는 한국화 전공자였다. 내가 R의 이야기를 글로 풀어내는 동안 이 화가는 R의 얼굴에 새겨진 생의 지도를 붓으로 그리고 있었던 것이다. 따지고 보니 그 화가와 나는 같은 대학 출신에 같은 또래로 같은 시기 같은 인물을 화두로 삼고 있었다. 그 사실에 놀라면서 동시에 동지를 만난 듯 가슴이 벅차오르기도 했다.

"역시 R 전문가의 눈이 정확하군! 그러나 무엇보다 오마주라는 영화 양식을 차용해 '얼굴―풍경'이라는 주제를 잡아낸 실력이 대단하지 않아? 인사동에 나갔다가 우연히 전시회장에 들어가서는 깜짝 놀랐지 뭐야. 여덟 명의 여자가 저마다의 표정으로 나를 바라보고 있는 것 같은 착각에 숨이 컥 막히더라구. 압도당해 버렸지. 장관이 따로 없었어!"

곽진은 그날의 흥분이 되살아나는지 탁자 위에 석류를 꺼내놓다 말고 내 손에 들려 있는 도록을 바라봤다.

"R을 시작으로 윤심덕 천경자 전혜린 최승희…… 근대 여성 예술가 여덟 명을 한 자리에서 만난다는 건 두려운 일이야…… 전혜린 앞에서는 마치 블랙홀에 빨려 들어 가는 것 같았어. 오싹한 게 무섭더라구. 너도 직접 봤더라면…… 그런데 그날이 마지막 날이더라고…….."

탁자 위에 올라온 석류는 자그마치 열 개나 되었다. 우즈베키스탄 산 석류는 하나같이 굵고 표면에 감도는 붉은 빛이 곱고 선연했다.

"정말 놀라운 작업이야! 한 명도 아니고 여덟 명의 '그녀'들을 감당한다는 것은 생각만 해도 질식할 것 같아. 그런데 R에 대한 이 작가의 오마주는 연민에 있었던 듯해."

석류 한 개를 집어 코끝으로 가져갔다가 입에 볼에 대보았다. 시원하고 감미로웠다. 곽진이 과도를 꺼내 석류를 반으로 갈랐다. 알맹이가 어찌나 실하게 여물었는지 칼이 닿은 부분의 알갱이들이 툭툭 터지면서 검붉은 즙이 얼굴에 목덜미에 피처럼 튀었다. 핏빛에 놀라 눈이 크게 떠지면서도 입속에서는 어느새 흥건히 침이 돌았다.

"연민이라……."

곽진이 석류 반쪽을 내 손에 들려주고 나머지 반쪽을 들고 석류 알을 한 알 한 알 떼어 입에 넣고 씨를 씹고 과육을 음미하며 R의 얼굴 풍경을 건너다보았다. 시큼한 즙이 입 안에 감돌면서 씨를 자근자근 씹는 맛이 그만이었다. R의 오마주 작품을 가운데 두고 화실 구석을 기웃거렸다. 거리로 난 창 아래 오래된 풍금 위에 놓인 한 소녀의 초상에 시선이 닿았다. 고바야시 만고의 1907년 작 「사색」이었다. 그것은 지난 1월 내가 김관호의 「해질녘」을 찾아 도쿄예대 미대에 들렀을 때 「해질녘」을 보지 못하자 헛헛한 마음을 달래느라 이것저것 사 온 엽서 몇 장 중 하나였다.

"애정을 넘어서는 도저한 보호 본능이라고 해야 할까?"

기모노를 입은 소녀 그림을 집어 들었다. R이 유학 시절 가장 많은 영향을 받았다고 공공연히 밝혀온 스승이 일본의 대표적인 근대 화가 고바야시 만고였다. 창가에 기대어 편지(혹은 책)를 읽다가 사색에 잠긴 소녀. 창으로 비쳐드는 빛이 아직은 인생의 지형도가 형성되지 않은 소녀의 얼굴을 부드럽게 감싸고 있었다.

인상파 화가 카미유 피사로의 「막대기를 든 소녀」라는 작품이 겹쳐 떠올랐다. 고바야시 만고는 일본 화단에서 아카데미 화풍과 인상파 화풍을 절충한 작업으로 정평이 나 있는 화가였다. R이 유학하던 1910년대 후반부터 1920년대까지는 프랑스에서 인상파를 기반으로 야수파와 입체파로 핵분열되던 시점이었는데, 일본은 한발 늦게 인상파 물결의 한가운데에 놓여 있었다. 우리나라 서양화 1세대의 김관호도 그런 맥락에 있거니와 R 역시 그 잔영 속에 있었다.

「R의 오마주 #05」에 시선을 얹었다. 한지 특유의 질감 때문에 빛은 어디에서도 흘러들지 못했다. 빛 대신 꽃분홍 비단 띠가 고깔처럼 무채색 초상에 둘러져 있었다. 낯설고 기이했다. 곱디고운 빛깔의 띠였지만 나에게는 영정의 그것을 대신하고 있는 듯 보였기 때문이다.

"그런데 그 고깔 말이야."

"그래, 독특하지?"

"화가가 한국화 전공이잖아. 형상(形狀)으로 전신(傳神), 그러니까 '정신(精神)을 전한다'는 이형사신(以形寫神)의 동양 인물화의 전통을 기리되 각기 다른 방법을 접목하려 했다는 작가의 고백이 절실하게 다가와. 그 고깔은 그러니까 작가가 고작 어떻게 해볼 수 있었던 장식에 불과하지만 동시에 그것은 전체를 뒤집는 파격이기도 한 거지."

"R, 윤심덕, 전혜린과 같은 질료를 녹이기 위해서는 사투가 불가피했을 텐데, 장식이든 파격이든 작가의 도전이 놀랍고 감탄스러울 뿐이야."

도저히 한곳에 모일 수 없을 것 같은 여덟 명의 근대 여성 예술가를 한곳으로 불러낸 이 당찬 작가를 만나보고 싶은 충동이 강하게 일었다. 작업 중이거나 혹은 작업을 마친 대형 캔버스를 넋 놓고 바라보고 앉아 있는 작가와 아틀리에 풍경이 프로필 아래에 사진으로 박혀 있었다. 좀 더 자세히 사진을 들여다보니 운보 김기창의 아내요 동양화에 실험을 거듭한 박래희의 얼굴 풍경 옆에 얼핏 R의 「자화상」이 보였다. 이번 전시회에 선택되어 나간 R의 오마주는 5번, 그러면 R의 다른 오마주들이 작가의 아틀리에에 놓여 있을 것이었다.

"점수가 후하군? 그런데 시나리오는 왜 그만둔 거야? 혹시 그 도저한 보호 본능이라는 연민 때문에……?"

그러고 보니 나도 묻고 싶었다. R의 얼굴을 그리고 또 그린 이 도전적인 화가에게. 다시 R을 그리고 싶으냐고. 그린다면 어떤 생의 지도를 만날 것 같으냐고. 나는 화가의 절규를 대신하듯 곽진에게 단호하게 말했다.

“한 번이면 됐어!”

3

　오후가 되도록 비가 그치지 않았다. 수덕사로 이어
지는 길가에 간혹 빨갛고 노란 잎사귀들이 겨울의 차가
운 빗방울에도 떨어지지 않고 찬란했던 가을의 흔적을
시위하고 있었다. 일주문을 지나자 왼편으로 여관의 초
가지붕이 얼핏 보였다. 굵어진 빗방울 탓인지 아직 오
후 세 시를 조금 지난 시각인데도 사위가 어둑어둑했
다. 여관으로 통하는 수덕교 쪽으로 몇 걸음 걷다가 멈
춰 서서 주위를 조망했다. 다리와 여관 사이에 파란 대
문이 울 없이 설치되어 있었다.
　가까이 다가가 보니 여관은 폐쇄되어 있었다. 불빛
은, 나를 그리로 이끈 R의 평전에 박힌 사진 속 불빛
은, 안타깝게도 꺼져 있었다. 비에 젖고 있는 초가지붕
이나 그 아래 운치 있게 내걸린 아크릴 간판이나 스산
하고 고적했다. 지나가는 객을 맞을 주인이 대문을 열
어주기라도 할 것 같은 생각에 수덕교 앞에 걱먹하게
서 있다가 할 수 없이 발길을 돌렸다.

수덕사 일주문 밖 새로 만든 해탈교를 건너 여관으로 갈 수 있었다. 도로 확장 공사를 위해서인지 숲도 땅도 온통 파헤쳐져 있었고, 굵고 청청하게 자란 소나무들만이 어수선한 여관 주위를 우람하게 지키고 있었다.

수덕 여관으로 오르는 돌계단 위 길주룸하게 누운 바위에 수덕 여관이라는 글자가 새겨져 있었다. 그러나 여관은 침묵 속에 인적 없는 폐가로 비에 젖고 있을 뿐이었다. 사람들의 발길은 일주문 안으로 이어졌다. 그러나 그들 중 누구도 나처럼 여관을 기웃거리지 않았다.

소담하나 잿더미처럼 어두운 초가지붕, 희디흰 벽. 텅 빈 툇마루에 굳게 닫힌 창문. 여관을 건너다보며 소나무 아래 서 있자니 지난봄 어느 날 도쿄 미타〔三田〕의 게이오 대학 교정에 섰을 때의 감회가 사무쳐 올라왔다. 그때, 책 속에서만 보아오던 교정, 붉은 벽돌 건물 앞에서 가슴이 무너져 내리는 충격을 받았었다. 상상 속에 키워온 존재와 마주했을 때의 울림은 상상을 넘어서서 주먹을 불끈 쥐고 서 있어야 할 만큼 강력한 것이었다. 그 벽돌에 서린 붉은 빛이 마치 꿈에 그리던 사람의 살과 뼈에서 나오는 것인 양 나는 목구멍을 치받고 올라오는 뜨겁고 뭉클한 덩어리를 삼키며 눈물을 흘렸었다. 거세게 울고 싶었었다. 그 뜨거운 눈물, 그

치솟는 울음의 근원이 내 발목을 잡아 오랜 세월 그 교
정을 지켜온 고목과도 같이 나는 어둠 속에 꿈쩍도 할
수 없었다. 그리고 지금 한달음이면 건널 작고 작은 수
덕교 앞에서 쏟아지는 비에, 늙고 병든 여인의 몸처럼
폭삭 삭은 초가지붕에, 인적이 끊겨 이끼만 무성한 그
마당에 그때처럼 꼼짝없이 붙잡혀 있었다.

　"이리 와보세요, 고암이 문자를 새겨놓았다는 바위
가 맞나 봐요."
　여관 마당에 서서 처마며 툇마루, 창호지 문이며 간
판의 크기와 수를 마치 R의 전신인 양 헤아리며 서성
거리고 있자 일주문을 나들던 불자(佛者)와 여행자들이
하나 둘 여관을 찾아들었다. 그러나 그들은 검고 널찍
한 이응로의 바위 앞에 멈췄다가 한두 발짝 옮길 뿐 이
내 돌아서서 마당을 지나 나갔다. 그들 누구도 고암을
그리로 이끈 R을 발설하지는 않았다. 문화재청에서 세
워놓은 사적지 안내문 어디에도 R은 나와 있지 않았다.
　R이 없이는 고암도 바위의 문자 추상화도 그곳에 존
재할 수 없었다. 나는 여행자들이 감탄하고 간 바위 앞
에 뒤늦게 마주 섰다. 문자 추상보다 그 옆에 새긴
'1969년 이응로 그리다'라는 서명에 눈길이 오래 머물

렀다. 이 작품은 고암이 파리로 건너가 작품 활동을 하던 중 1967년 북한에 두고 온 아들을 보기 위해 방북했다가 동베를린 간첩단 사건에 연루되어 옥고를 치른 뒤 파리로 돌아가기 전, 잠시 이곳에 와 머물던 1969년에 바위에 새겨놓았던 것이었다. 그로부터 이십 년 뒤인 1989년 동베를린 사건의 오해가 풀려 호암 미술관에서 초대전이 열리기 전까지 고암의 숨결을 느낄 수 있는 현장이자 고암의 손길을 더듬어볼 수 있게 해주었던 작품이 바로 이 문자 추상화였다. 고암이 이 여관을 사들인 것이 1944년, R이 수덕 여관으로 일엽을 찾아온 지 칠 년 뒤였고, 고암이 그곳에 머물던 R을 찾아와 긴 이야기를 나누고 간 지 오 년 뒤였다.

R은 홍성 출신의 이 후배 화가를 "학의 다리를 닮은 청년"이라 불렀다. 만약 이곳에서 R을 만나지 않았어도 이응로는 수덕 여관에 적을 두었을까. 파리 화단을 열렬히 갈망하던 R과 그때 긴 이야기를 나누지 않았어도 후일 동양화 전공자인 그가 파리로 갈 생각을 했을까.

우산을 두드리는 빗줄기 소리가 가늘어졌다. 계곡 물소리인지, 처마 밑으로 떨어지는 빗방울 소리인지, 학의 다리를 닮은 청년이 다리를 건너오는 발소리가 들리는 듯했다.

　창틀을 쪼아대듯 까치 소리가 가깝게 들렸다. 그러자 화답하듯 또 다른 까치 소리가 계곡 맞은편 수덕 여관 쪽에서 들려왔다. 눈을 뜨니 유리창에 하얗게 성에가 끼어 있었다. 밤새 기온이 급강하했고, 비안개가 갖가지 형체를 유리에 새겨놓았다.

　베개 밑에 새벽까지 읽던 한스 에리히 노삭의 소설 『늦어도 11월에는』이 끼어 들어가 있었다. "당신과 함께라면 이대로 죽을 수도 있을 것 같습니다."라는 가난한 소설가의 말 한마디에 자신에게 주어진 최상의 조건을 모두 버리고 따라나선 여자. 두 달간의 짧은 동거 후 여자가 깨달은 것은 남자를 죽도록 사랑하지만 소설 쓰는 남자의 고통은 나누어 가질 수 없다는 것. 여자는 때마침 찾아온 시아버지의 회유로 남편과 자식이 있는 집으로 돌아오지만 그녀가 살아 있는 것은 오직 남자가 11월에 자신을 데리러 오겠다고 약속했기 때문이다. 여자는 오직 그날을 기다리며 살아갈 뿐이다. 그날, 남자의 작업이 끝나고, 작품이 무대에 오를 11월 어느 날, 그녀를 데리러 올 11월의 그날을 위해. 가을이 지나고 드디어 11월, 우박 쏟아지는 매서운 11월 밤, 약속했던 남자는 자동차를 마련해 여자에게 달려가고, 그녀는 약속을 지킨 남자의 자동차에 오른다. 남자는 여자가 기다려온 시간을 보상이라도 하듯 여자를 태우고 맹렬한 속도로 심야 도로를 질주하다 만난 지 채 오 분도 되지 않아 철로 저 아래로 굴러 떨어진다. 지극히 통속적이고 비극적인 소설의 결말. 그러나 노삭은 고도로 절제된 감정과 이성의 언어로 너저분한 통속을 예술의 경지로 끌어올렸다.

베개 밑에서 소설을 끄집어내며 그것을 나에게 남기고 간 오현수의 진의를 곱씹었다. 우리는 잘못하고 있는 거예요. 첫 문장에 눈길이 닿자 그녀에게 말해 주기라도 할 듯 그다음 문장이 이어졌다. 나는 그에게 말하고 싶었다. 그러나 그를 쳐다보자 말문이 막혀버렸다.

창문을 열고 싶었으나 얼어서 잘 열리지 않았다. 어제 수덕 여관에서 나와 견성암까지 올라갔다 내려오자 일주문 밖 길게 자리 잡은 식당과 여관들에 저녁 불빛들이 들어와 있었다. 수덕 식당을 지나자 골목 안쪽으로 덕수 여인숙이라는 허름한 간판이 보였다. 무작정 비탈진 골목길로 들어섰다. 지대가 높아서인지 창이 얇아서인지 밤새도록 삭풍에 문풍지가 울듯 창틀이 덜거

덕거렸다. 그래서인지 하룻밤에 여러 생을 꿈으로 산
듯 깨어나서도 한동안 눈앞이 현란했다. 꿈에 염상섭이
증인으로 나와 이십 대의 R의 얼굴을 사실적으로 들려
주는가 하면, 고암을 수덕 여관으로 이끌었듯, R을 그
곳으로 이끈 여승 김일엽의 숨겨진 아들이라는 김태신
은 어머니를 대신해 자신을 모성으로 맞아주었던 사십
대의 R의 모습을 인상적으로 그려주었다. 그리고 이화
여대 미대 재학 시절 양로원으로 봉사를 나갔다가 R을
만났던 박인경은 오십 대 초반의 R을 생생하게 증언해
주었다.

"똑바로 뜬 눈, 오뚝 선 코, 꼭 다문 입, 여무지게
모인 살갗…… 서구적인 얼굴에 우아한 아름다움을 가
진 중년 부인…… 많은 노인들 속에 R 씨가 있었던 겁
니다. 금방 그녀를 알아보았지요. 입고 있는 옷은 정말
초라했지만 그녀는 눈에 띌 정도로 미인이었어요. 머리
를 짧게 하고 있었고 마치 우키요에*에 나오는 여인처럼
잘록한 허리에 표정도 무척이나 아름다웠습니다……."

그러나 일엽처럼 정반대의 눈길과 목소리르 R을 불
러내는 사람들도 있었다.

---

* 연극적으로 그린 일본 풍속화.

"알아보기 어려울 만큼 변모되었다…… 이혼장을 든 손은 꽉 쥐어 펴지지가 않고, 눈은 빙글빙글 돌아가고, 몸은 비틀렸던 그대로 회복되지 않는다는 것이다…… 말도 제대로 못하는 데다가 손은 떨려 뭐 하나 들지도 잡지도 못하고 걸음걸이는 발을 끌어 한 발짝씩 옮기는 그러한 완전 폐인이었다. 그런데도 그녀는 반기는 사람이라도 있는 듯이 자꾸 떠나가려고만 했다…… R이 우리 집에 들어오는데 중풍으로 걸음이 까치걸음 같아 앞으로 넘어질 듯 위험해 보이는 고로 얼른 나가서 두 손을 붙잡았더니 얼음장 같은 손을 떨면서 으스러지게 내 손을 움켜잡고 몸을 내게로 턱 실어버리더군요……."

R과 동시대 신여성으로 여성의 부조리한 현실을 문제 삼고 여권 신장을 위해 싸우다가 불가에 귀의한 일엽. 수덕사 견성암에서 정진하던 그녀를 R이 '알아보기 어려울 만큼 변모'되어 찾아갔다는 것. 손목 한번 잡아보지 못한 채 자식들과 생이별을 해야 했던 R이 그 자식들에게 남긴 '에미는 선각자였노라'는 유언 아닌 유언을 제목 삼아 R의 일대기를 절절하게 집필했던 이구열의 안타까운 목소리, R의 진명학교 후배 이정희가 평소 R과 절친했던 여기자 최은희에게 전해 주던 애처로운 목소리, 목소리들…….

사방으로 튀는 수십 마리 말의 발길질처럼. 아니 사방을 에워싸며 도는 땅벌들의 아우성처럼 그들의 목소리가 귓전을 때리며 무겁게 내 몸을 옥죄었다. 나는 두 팔과 다리를 최대한 가슴에 끌어당긴 채 이불 속에서 벌을 받듯 식은땀을 흘리고 있었다. 팔과 다리의 감각을 되찾으면서 한 사람의 소리 없는 외침처럼 한 가지 생각이 홀연히 귓전으로 스쳐 지나갔다. 한 사람을 사랑했네, 오직 한 사람.

나는 이불 속에 묶였던 몸을 활짝 펼치며 거뜬히 일어나 앉았다. 한 사람, 누구? 목소리의 주인공은 누구인가. 청년 시절부터 백발이 되도록 R을 향한 마음을 지켜온 R 기념사업회의 유동준 회장의 부리부리한 눈동자가 떠올랐다. 이어서 첫사랑 계집애를 못 잊어「R의 이야기」를 착수한 박윤식, 그리고 R의 초상에 고운 고깔 띠를 씌워준 이정민의 손길이 떠올랐다. 아! 나는 이정민이 그린 R의 초상에 이르러 그만 탄성을 지르고 말았다. 곽진의 아틀리에에서 이정민의「R의 오마주」를 보면서 내 스스로 했던 말이 비수처럼 가슴을 찌르며 되살아났다. '화가가 씌운 이 고운 고깔을 보고 있으니 R에게 헌정한 이 작품이 R에 대한 연민이자 R의 영정에 바치는 추모의 정을 대신하고 있는 것 같아.'

R이 언제 어디에서 눈을 감았는지는 아무도 모른다. 그러니 R은 이 땅의 누구와도 이별을 하지 않은 셈이다. 그러니 R은 영원히 떠나지 않은 것이다. 아직 여기에 함께 있는 것이다. 이제 R을 보내주어야 하지 않겠는가. R의 길을 가도록 해주어야 하지 않겠는가.

1949년 3월 14일자 대한민국 정부 공보처가 발행한 관보(官報)에 적힌 기록에 R은 1948년 12월 10일 하오 8시 30분 낡은 옷을 입은 채 몸에 지닌 것 하나 없이 병으로 죽었다고 나와 있다. 이 기록이 세상에 발굴된 것이 1990년, 반세기 동안 R은 살아서도 죽어서도 풍문의 주인공일 뿐이었다.

현재 R의 자화상은 파리에서 잉태했다 하여, 파리의 혁명 정신을 기려 건이라 이름 지었다는 막내아들의 거실 벽에 걸려 있다. 수원에서 만났던 R 기념사업회 유동준 회장은 김건 씨의 자택 거실로 들어서서 R의 자화상과 마주했던 순간의 전율을 R이라는 한 사람의 굴절된 생애의 복원에 바쳐온 열정의 정점으로 기억하고 있었다. 어머니를 어머니라 불러보지 못한 아들은 하루에도 몇 번씩 R의 자화상 앞에 속절없이 서 있을 것이었다. 상상일망정 나 또한 그 모습에 뼛속 깊이 아려오는 전율이 온몸에 돌았었다. 한 사람을 사랑했네. 이 세상 수백 수천 소설의 첫 문장처럼 이 한 문장을 되풀이하면서 나도 모르게 그동안 마음에 품어왔던 욕망의 진의를 확인했다. 그럼에도 불구하고, R이 사랑한 한 사람, 그 사람은 최승구였다, 고 말하고 싶은 마음을. 그것은 여전히 내가 사랑하는 한 사람에 대한 진실의 확인이었다.

잠시 진공 상태에 빠져 넋을 잃고 앉아 있는데 탁자에 놓아둔 핸드폰이 부르르 진동을 했다. 강시언이었다.

사내가 공터로 걸어 들어왔다. 사내는 우뚝우뚝 솟은 소나무들 사이로 불쑥 나타난 것 같았다. 얼핏 군용 점퍼에 얼룩무늬 바지 차림이 석양빛에 그늘진 소나무 색깔과 흡사했다. 어제 빗속에 찾았던 여관의 고암 암각화를 돌아가니 짙푸른 대나무 군락 아래 우물터가 있었고, 우물을 또 끼고 뒤편으로 돌아가니 예상치 않게 디귿 자 구조 가옥의 본모습이 드러났다. 그러니까 뒤뜰이겠거니 하고 간 데가 사실은 안채였고, 애초부터 담은 없었던지 집 한 채는 거뜬히 들어설 만한 자리가 공터로 안마당 앞에 열려 있었다. 여관을 에워싸듯 공터 역시 검푸른 겨울 소나무들이 기세 좋게 둘러서 있었다.

디지털 카메라의 동영상으로 마당가 고암의 검은 바위에서부터 공터까지 쭉 훑어나가는 중에 사내가 저만치 포착되었다. 나도 모르게 사내의 움직임을 좇아 스크린을 돌렸다. 내가 자신 쪽으로 방향을 트는 것을 감지한 사내는 마치 나와 볼일이 있는 사람처럼 나를 향해 우적우적 걸어왔다. 그러고는 다짜고짜 "나, 고암의 큰손자요!"라고 자신을 소개하며 안뜰로 성큼 들어섰다. 여관에서 누구를 만나리라고, 또 만나서 취재를 하게 되리라고는 생각지 않았는데 사내가 그렇게 나오자 안 할 수 없는 꼴이 되었다. "아, 그러세요?" 하고 내가 되묻기가 무섭게 사내는 "헌병 중령이요." 하고 신분을 밝히며 안마당의 사철나무 옆으로 가 어깨에 힘을 주고 섰다. 이제 본격적으로 인터뷰를 해봐라! 하는 제스처 같았다. 그것은 이번이 처음이 아니고 수없이 해 온 행동 혹은 연기로 비쳤고, 그것이 눈에 꽤 거슬리면서 어찌해야 할지 난감해졌다. 그러고 보니 군복 차림이긴 했으나 검붉게 찌든 얼굴에 스포츠형 고수머리, 헌병 중령이라 자진해서 밝힌 사내가 미심쩍어 보였다. 나는 사내로부터 스크린을 안뜰로 돌리며 사내를 등지고 할 수 없이 물었다.

"그런데, 어떻게 여기 계신 거죠? 이 시간에……?"

“다이너마이트로 폭파했잖아요.”

사내가 공터를 손으로 에둘러 가리키면서 고개를 옆으로 탁 꺾으며 늠름한 자세로 대답했다. 나는 헌병 중령이 왜 이 시간에 군에 있지 않고 여기에 있느냐는 추궁이었고, 사내의 뜻밖의 대답을 듣고 보니 그가 정상적인 사람이 아니라는 생각이 퍼뜩 들었다. 그러자 그때까지 못 느꼈던 한기가 오싹 몰려오며 공기가 몹시 차게 느껴졌다. 솔가지를 넘나들며 내지르는 까마귀 소리마저 냉랭한 허공을 요란하게 찢어놓는 듯했다.

아무리 둘러봐도 그곳은 어제 다이너마이트를 폭발시킨 장소가 아니었다. 나는 가능한 한 태연하게 사내로부터 벗어나거나 무심할 태세였다. 그러기 위해서는 사내의 말을 적당히 받아주어야 했다.

“언제요?”

사내는 자신의 뜻대로 내가 바짝 관심을 보이지 않자 불만이 섞인 어조로 답답하다는 듯이 소리쳤다.

“여기, 여기요. 여기 죄다 폭파했잖아요, 다이너마이트로…… 이 양반, 신문도 책도 안 보는갑네. 다 쓸데없다니까, 쓸데없어!”

일주문으로 드나드는 사람들의 발길은 어제보다 잦았으나 어제와는 달리 아무도 여관을 찾지 않았다. 기온이 점점 더 떨어져 콧등이 시렸고 콧물이 주르륵 흘러나왔다. 그가 아무리 큰소리를 쳐도 가리키는 곳을 한번 휘둘러보기만 하고 별 반응을 보이지 않은 채 나는 안마당으로 들어섰다. 그러자 사내는 공터 구석에 있는 움막집 쪽으로 저벅저벅 걸어가 버렸다. 사내가 걸음을 옮길 때마다 까마귀 울음소리가 무겁게 따라붙었다.

방마다 일련번호가 붙은 여관 툇마루에 앉아 안뜰을 가득 메우고 있는 푸른 사철나무와 그 옆 끝이 보이지 않는 높은 굴뚝을 올려다보고 있는데 강시언과 박윤식에게서 연달아 전화가 걸려왔다.

강시언은 아까 통화를 했었는데 그사이 놀라운 소식을 전했다. 뜻밖에 김분이 할머니의 딸로부터 연락이 왔다고 했다. 김분이 할머니가 돌아가실 모양이라고, 궤 문제로 만나자고 하니, 그 길에 마지막 인사를 드려야 할 것 같다고 말했다. 나는 강시언의 말을 따르기로 했다. 그러지 않아도 며칠 전 여하연과 저녁 약속 했던 것이 오늘이 아니라면 내려온 김에 대천 해수욕장에도 들르고 김분이 할머니도 찾아뵙고 가고 싶었었다. 여하연에게 전화를 걸어 저녁 약속을 내일로 미루자고 하니 지금 막 프리다 칼로의 책이 나왔다고, 또 따끈따끈한 물건이 나를 기다리고 있으니 어서 올라오라고 재촉했다. 그녀의 성화에 김분이 할머니는 주말에 강시언과 찾아뵙기로 했다.

박윤식은 시나리오 팀과 안면도의 리조트 L 캐슬에서 합숙하고 있었다. 그는 언제든지 그곳으로 옵서버로라도 참여해 달라고 연락을 해왔다. 그러나 나는 그럴 생각이 전혀 없었다. R에게서 완전히 놓여나고 싶은 마음만큼 나도 R을 놓아야 한다는 일념밖에 없었다. 그것이 결국은 박윤식을 도와주는 것이라고 판단했다. R과의 싸움은 한 번이면 족했다. R의 인생을 불러내어 다시 겪는 일은 고통을 넘어서는 업보에 해당되었다. R과 객관적인 거리를 유지할 수 있는 사람만이 R을 왜곡하지 않고 새롭게 탄생시킬 수 있을 것이었다. 그런 면에서 나는 도무지 자격이 없었다.

R에 관한 자료 일체를 박윤식에게 넘겨주고 수원의 C 교회 수련원으로 내려갔었다. 작은어머니가 나에게 남긴 봉투를 강시언에게 전해 주기 위해서였다. 봉투에는 작은어머니가 평생 간직해 온 사진 두 장과 신탁예금 통장이 들어 있었다. 도쿄 시절 양친과 찍은 어린 소녀의 사진과 내 아버지와 그 소녀를 닮은 또 다른 소

녀와 작은어머니가 찍힌 사진. 나는 사진 속의 두 소녀를 면밀히 비교해 보았다. 내 아버지와 작은어머니 사이에 있는 소녀는 바로 나였다. 그리고 그 소녀는 도쿄 사진 속의 어린 소녀와 쌍둥이처럼 닮아 있었다.

그날부터 C 교회 수련원에 머무르면서 하루에도 몇 번씩 작은어머니의 뼈를 묻은 뒷동산을 찾았었다. 봉분을 얹지 않은 묘 앞에 자그마한 돌 항아리를 가져다 놓았었다. 이제 작은어머니의 거처에는 잔디가 뿌리를 내려 겨울을 이겨내고 있었다. 강시언은 병들고 오갈 데 없는 노인의 최후를 편안히 모시는 양로 기금으로 신탁 예금을 전환하자고 제의했다. 작은어머니가 가꾸던 동산의 채마밭은 겨울 찬바람에도 불구하고 땅에 납작 엎드린 노지 시금치들로 푸르렀다.

사내가 8호실 방문을 열어젖혔다. 그 문이 그렇게 열릴 줄 몰랐다. 내가 사내를 따라 고개를 방 안으로 쑥 디밀자 사내는 신발을 신은 채 성큼 툇마루에 올라서서는 마치 그 방의 옛 주인처럼 안을 두리번거렸다. 그가 방금 움막집까지 걸어가서 가져온 축음기 코드를 꽂을 콘센트를 찾는 것이었다. 고암의 큰손자요 여관의 주인이라고 하기에는 사내의 동작이 퍽이나 어설펐고 행색 또한 볼수록 찌들고 추레한 것이 꺼림칙한 기분이 들었다. 사내가 나에게 들려줄 무엇인가를 위해 켜려고 애쓰고 있는 축음기라는 물건은 시늉으로 자세히 들여다보니 형체를 알아보기 어려울 정도로 먼지에 찌들어 있었다. 테이프 리코더는 테이프가 박힌 채 플라스틱 덮개가 깨져 있어서 코드를 꽂는다 해도 제대로 소리가 날지 의문이었다. 그런데도 사내는 청하지도 않았는데 극구 움막집까지 가서는 그 고물을 들고 와 나에게 뭔가 들려줄 것이 있다고, 아니 내가 들어야 한다고 혀를 끌끌 차는가 하면 불쑥 성을 내듯 야단치며 구시렁거렸다.

사내가 축음기 몸체를 쾅쾅 치며 궁리에 열을 내는 동안 나는 8호실 방 안을 휘둘러보았다. 마지막으로 사람이 들었던 게 언제인지 알 수 없게 썰렁한 냉기에 언뜻 보기에도 불결한 이부자리 한 채가 을씨년스럽게 펼쳐져 있었다. 사내는 아예 신발을 신은 채 몸을 굽혀 방 안으로 들어가 벽을 손바닥으로 벅벅 문지르다 머쓱하게 나와 다시 축음기에 매달렸다.

마당 한가운데 사철나무와 나란히 끝이 날카롭고 몸채가 날렵한 탑 모양의 굴뚝이 높이 솟아 있었다. 비록 폐쇄로 인한 폐허의 빛을 띠고 있고, 사람 그림자만 보

이면 고암의 큰손자라 소리치며 정체 모를 사내가 따라
붙을지언정 수덕 여관은 허공중에 힘을 내뿜고 있는 굴
뚝과 사철 푸른 한 그루 우직한 나무로 인해 한창때의
격조와 온정을 더듬어보기에 충분했다.

여전히 축음기에 매달려 있는 사내를 남겨두고 여관
마당을 빠져나왔다. 일주문 옆 관리자에게 물어보니 사
내는 고암의 먼 친척뻘 손자였다. 베트남 전에 참전했
다가 후유증으로 청각 장애를 앓고 있으니 괘념치 말라
고 했다.

사내가 나에게 들려줄 것이 무엇이었을까. R을 완전
히 놓은 마당에 또다시 그녀의 족적을 밟고 있는 나의
행위는 진정 무엇인가. 걸음을 옮길 때마다 까마귀 소
리가 솔숲 깊숙이 메아리쳤다.

4

J 신문에 M의 소식이 실렸다. 신문은 특별 기획「사
진으로 보는 21세기 문명 오디세이」취재 기자 M의 활
약으로 아프리카 오지 여행을 마치고 파괴된 메소포타
미아 문명의 현장으로 넘어간다고 알렸다. 세계 최빈국

중의 하나인 마다가스카르에서 정체를 알 수 없는 열병에 시달리며 죽을 고비를 넘긴 M은 이번에는 전쟁의 포화가 아물지 않은 메소포타미아 문명의 발상지 바그다드를 집중 취재할 것이라고 밝혔다. M은 비단 자연의 경이로움에 그치지 않고 지구에 새긴 인간과 문명의 자화상을 탐구하는 집념의 작가라고 신문은 소개하고 있었다. 신문 전면에 M이 찍은 마다가스카르 사진 세 컷과 짧은 에세이가 실렸다. 황금빛으로 물든 짐마차 행렬이 신문 상단을 큼직하게 장식하고 있었다. 구불구불한 진흙 길을 검은 소들이 짐마차를 끌고 고단하게 지나가고 있었을 테지만, 하늘에서 쏟아지는 발그레한 빛의 눈부신 조명 효과로 인해 사진으로 보는 행렬은 퍽이나 온화해 보였다. 나는 사진에서 위안과 연민을 전하려는 M의 마음을 읽을 수 있었다. 다른 두 컷은 안타나나리보 북쪽의 전통 마을과 마다가스카르 서쪽 해안에 발달한 기이한 광석 숲이었다. M은 에세이에서 짐마차 행렬에 포커스를 두었다. 새벽녘인지 저물녘인지 황금빛으로 물든 암적토 위의 짐마차 행렬. M의 전언에 따르면 인간 이하의 수준으로 빈곤 한계선 아래에 살고 있는 마다가스카르의 원주민들은 황금빛 꿈을 찾아 오늘도 수도 안타나나리보로 짐마차를 끌고 떠나고 있었다.

M의 「짐마차 행렬」을 들여다보고 있자니 렘브란트의 「자화상」이 오버랩되어 떠올랐다. M은 렘브란트의 깊은 암갈색 어둠과 그 어둠을 홀연히, 아니 전폭적으로 거두는 한줄기 빛을 신비롭게 사용했었다. 나는 M의 겨드랑이를 베고 누워 렘브란트가 여러 시기를 두고 그린 자화상들을 올려다보곤 했었다.

M의 「짐마차 행렬」은 다름 아닌 마다가스카르의 오늘의 자화상이었다. 내가 파리에서 R의 「자화상」을 붙잡고 있는 사이 M은 마다가스카르의 자화상을 찍고 있었던 것이었다. R의 자화상과 아르테미시아의 자화상, 프리다 칼로의 자화상 그리고 렘브란트의 자화상들 사이에 「짐마차 행렬」을 놓다가 도로 그것을 들고 프레베르로 향했다.

이유항을 만나야 했고, 그것을 보여주고 싶었다. 그리고 오현수의 책 『늦어도 11월에는』을 있던 자리에 가져다 놓아야 했다.

입춘이 지난 지도 보름이 되었다. 수원 작은어머니의 동산에는 하루가 다르게 봄기운이 번지고 있었다. 돌 항아리 옆에 작은어머니의 궤를 묻었다. 그리고 동백나무 한 그루도 함께 심었다. 궤 안에는 두 개의 금가락지와 두 사람의 검은 머리카락이 다정히 몸을 기대듯 놓여 있었다.

궤를 묻기 전, 뚜껑을 열고 아버지와 작은어머니의 머리카락 옆에 내 것을 잘라 다소곳이 넣었다. 궤를 묻으면서 헤어질 때의 M의 짧은 머리가 떠올랐다. 지금쯤 그 머리도 길게 자라 있을 것이었다. 내일이면 바그다드 소식이 J 신문에 소개되는 날이었다. 그러면 M이 본 것을 나도 볼 수 있을 것이었다. 신문사로 사진들을 전송하면서 M도 내가 그러리라고 생각할 것이었다. 그러면서 돌아올 날을 짐짓 헤아려볼지도 몰랐다.

수련원을 출발해 수원성 동문의 연무동 궁터를 지나오는데 라디오에서 귀에 익은 멜로디가 흘러나왔다. 스테디 앤드 코의 「春夏秋冬」이었다. 지난 늦봄의 도쿄 백수웅이 보내주었을 때부터 여름 가을 내내 듣다가 파리에 다녀오면서 한동안 잊고 지냈었다. 처음엔 라디오가 아니라 시디플레이어에서 흘러나오는 소리인 줄 착각했다. 곡이 끝나자 라디오 프로그램의 게스트로 나온 대중음악 평론가의 설명이 있었다. 일본 음악 개방에 따른 1차 수입 음반 속에 프로젝트 그룹 스테디 앤드 코의 앨범 「챔버스(Chambers)」가 있는데, 그중 타이틀

곡 「春夏秋冬」이 처음으로 전파를 타는 것이라 했다.

차는 R의 삼일여학교 후신인 매향여자정보고등학교 앞으로 해서 R의 「자화상」이 전시되었던 포교당 쪽으로 수원 천변을 달렸다. 시디플레이어에 내장되어 있던 「春夏秋冬」의 버튼을 눌렀다. 경쾌하게 한 번, 그리고 또 한 번! 온몸으로 박자를 맞추면서 백 코러스를 따라 크게 외쳤다.

춘하추동, 오고 오고, 우리는 새로운 세계로 나아간다네!

작가의 말

잊자고, 잊어버리자고 했다.

R일랑은, 옛사랑일랑은, 『춘하추동』일랑은.

가자고, 나아가자고 했다.

새로운 세계로 아주 가버리자고 했다.

춘하추동, 오고 오고,

춘하추동, 가고 가고.

우리는 새로운 세계로 나아간다네.

R, 정월(晶月) 라혜석(羅惠錫)*, 이제야 나는 그녀의 이름을 부른다. 2003년 1월 겨울〔冬〕부터 2004년 1월 겨울〔冬〕까지, 나는 다섯 계절을 그녀와 함께 살았다. 그녀를 이해하고자 했고, 그녀를 사랑하고자 했고, 그리고 그녀를 잊고자, 잊어버리고자 했다.

한 사람을 만난다는 것, 그리고 사랑한다는 것, 그것은 기적이다. R이 언제 어떻게 나에게 왔는지 정확하게 기억할 수 없다. R과의 만남이 운명적이라면 그 순간은 또렷이 잡혀야 하는데 말이다. 그렇다면 그녀와의 만남이 운명적이지 않은 것인가? 그런 것도 아니다. 그렇지 않다면, 나는 그녀의 그림자를 쫓아 그 많은 거리, 그 많은 시간을 헤매 다니지 않았을 것이다.

2003년 1월 R을 품에 안고 도쿄로 떠났었다. 2002년 가을, 《동서문학》 김원일 선생님의 배려로 6회 연재 지면이 주어졌었다. 아마 그 순간이었을 것이다. R이 홀연히, 아니 계시처럼 내게 내려온 것이. 여기에 한 가지 더 고백해야 할 것은, 1999년부터 2001년까지 번역하느라 끼고 살았던 서양 최초의 여성 화가 아르테미시아 젠틸레스키가 없었다면, R의 존재는 유명무실했을 것이다. 거기에 프리다 칼로에 대한 새로운 인식이 보태어졌다. 아르테미시아 젠틸레스키, 프리다 칼로. 그녀들은 서양 미술사에서, 페미니즘 역사에서, 나아가 인간의 역사에서, 행복하게도, 평전과 영화와 소설을 두루 넘나들면서, 잃었던 자리를 되찾아가고 있었다. 우리에게는, 아니 일찍이 그녀들을 누구보다도 먼저 만났던 나에게는 R, 애석하게도 '비운의'라는 수식어가 따라붙는 한국 최초의 여성 서양화가 R이 있었다. 그

가을 나는 R을 쓰기로 마음먹었다. R을 수집했고, R을 읽었다. 그런데 R은, 소설은 써지지 않았다. 마감을 해야 할 시간에, 아무것도 쓰이지 않은 노트북을 트렁크에 넣고, 비행기를 탔다. 그리고 날이면 날마다 R의 도쿄를 배회했다. 온종일 도쿄 거리를 떠돌아다니다가 밤이면 주머니에서 동백꽃을 꺼내놓고, 침대의 하얀 시트 자락을 열고 들어가 언 몸을 녹였다. 눈에서는 차마 의미로 맺히지 못한 눈물이 차갑게 흘러내렸다.

도쿄에서 돌아와서, 형벌처럼, 소설이 써졌다. 그러나 자신이 없었다. 인정할 수 없었다. S의 격려가 있었다. 1920년대 여성 문학을 전공으로 박사 논문을 집필 중이던 그녀의 독회와 객관적인 평가가 없었다면, R은, 『춘하추동』은, 세상에 나오지 못했을 것이다. 그 후로도 계절마다 이 소설은 나를 함정에 빠트렸다. R을 만난 것이 치명적인 악연으로까지 여겨졌다. 도무지 잡고 일어설 지푸라기가 보이지 않았다. 어디에도 빛이 없었다. 춥고, 매번 아팠다. 그때마다 나는 길을 떠났다. 김관호의 「해질녘」이 있는 우에노 공원 끝자락의 도쿄 예술대학 미대, R의 도쿄사립여자미술학교가 있던 혼고 일대, R의 첫사랑 소월 최승구가 다녔던 미타의 게이오 대학 교정, R의 얼굴을 마지막 영상으로 간직한

채 소월이 숨을 거두어갔던 전라남도 고흥 군수 관사
터, 비틀린 언 몸으로 R이 찾아들었던 수덕사 수덕 여
관, 그리고 절정의 R을 불행의 구렁텅이로 빠트린 파
리의 셀렉트 호텔……

『춘하추동』은 R의 일대기를 소설로 쓴 것이 아니다.
저술 작가의 평전식 소설이 아닌, 등단 이래 지금껏 내
가 지향해 온 소설 기법으로 쓰인 '독립적인 메타(또는
액자) 소설'이다. 나는 처음부터 끝까지 연구자나 평전
전문 작가가 아닌 소설가의 입장에서 R을 소화하려고
했다. 그러나 이 소설을 통해 그동안 묻혀 있었거나 눈
에 띄지 않았던 것을 만나 의미를 부여한 것은 열외의
소득이다. 파리의 셀렉트 호텔과 동양화가 이정민의
R의 오마주 부분이 그에 해당된다.

연재를 끝내고도 열 달 동안 『춘하추동』을 품고 있
었다. 출판사로 그것을 떠나보낼 때, 심장 한쪽을 도려
내는 것 같았다. 빨리 잊고, 낫고 싶었다. 다시는 내게
오지 말기를! 그러나 너무 깊었다. 한 달 만에 교정지
로 돌아온 『춘하추동』에 마음이 약해졌다. 못난 내 새
끼손가락을 깨물듯 사랑하고 말았다. 돌아온 『춘하추

동』을 사랑할 수밖에 없게 만든 이들이 있다. 나보다 『춘하추동』을 더 사랑해 주는 민음사 편집부의 이수은과 박상순 선배, 내게 S라 불리는 아름다운 인간 신수정. 그들에게 고마움을 말로 다 전할 수 없어 슬프다. 또한 부족하나마 한 권의 소설이 쓰이도록 결정적으로 이끌어주신 김원일 선생님과 소설이 끝난 뒤에 만났지만 많은 자료와 경험담을 선뜻 내어주시고 수원에서의 R의 족적을 일일이 찾아줌으로써 공백으로 남았던 부분을 보완할 수 있도록 도와주신 나혜석기념사업회의 영원한 청년 유동준 선생님, 그리고 소설이 쓰이는 동안 어미의 고통스러운 호흡을 견디어준 어린 아들 태형에게 큰 감사와 사랑을 보내고 싶다.

2004년 11월

함정임

* 라혜석은 보통 나혜석으로 표기한다. 그러나 그녀는 자신의 서명을 Rha로 했다. 정월(晶月)은 그녀가 첫사랑 소월이 죽고 난 뒤 사용하기 시작한 호. 내가 나혜석을 R로 쓴 이유가 여기에 있다.

이 소설을 위해 『원본 정월 라혜석 전집』(나혜석기념사업회 간행, 서정자 엮음, 국학자료원, 2001), 『인간으로 살고 싶다 — 영원한 신여성 나혜석』(이상경 지음, 한길사, 2000) 외에 일일이 밝힐 수 없을 정도로 많은 자료를 참고하였다. 나혜석을 비롯 우리 근대 문학 연구에 열정을 바친 분들께 따로 감사의 마음을 전한다.

춘하추동

1판 1쇄 찍음 2004년 12월 15일
1판 1쇄 펴냄 2004년 12월 20일

지은이 │ 함정임
펴낸이 │ 박맹호
펴낸곳 │ (주)민음사

출판등록 │ 1966. 5. 19. 제16-490호
주소 │ 서울 강남구 신사동 506 강남출판문화센터 5층 (135-887)
전화 │ 대표전화 515-2000   팩시밀리 515-2007
홈페이지 │ www.minumsa.com

값 9,000원

ISBN 89-374-8050-6 03810